R. U. Krönlein

Offene und antiseptische Wundbehandlung: eine sachliche Entgegnung auf persönliche Angriffe

Antigonos

R. U. Krönlein

Offene und antiseptische Wundbehandlung: eine sachliche Entgegnung auf persönliche Angriffe

Unveränderter Nachdruck der Originalausgabe von 1876.

1. Auflage 2024 | ISBN: 978-3-38632-384-0

Antigonos Verlag ist ein Imprint der Outlook Verlagsgesellschaft mbH.

Verlag: Outlook Verlag GmbH, Zeilweg 44, 60439 Frankfurt, Deutschland
Vertretungsberechtigt: E. Roepke, Zeilweg 44, 60439 Frankfurt, Deutschland
Druck: Libri Plureos GmbH, Friedensallee 273, 22763 Hamburg, Deutschland

Offene und antiseptische

Wundbehandlung.

Eine sachliche Entgegnung auf persönliche Angriffe.

Von

Dr. R. U. Krönlein,

Assistenzarzt am Königlichen chirurgischen Klinikum und Privatdocent zu Berlin.

Berlin, 1876.

Verlag von August Hirschwald.

NW. 68. Unter den Linden.

Unter dem Titel „Offene und antiseptische Wundbehandlung"
(v. Langenbeck's Archiv f. klin. Chir. Bd. XIX.) und als zweiten
Theil einer selbstständig erschienenen Brochüre *) habe ich vor Kurzem eine vergleichende Zusammenstellung der an den Universi-
tätskliniken zu Zürich, Halle und Leipzig mit der offenen und
antiseptischen Wundbehandlung erzielten Resultate veröffentlicht,
in der Hoffnung, damit einen kleinen Beitrag zur Lösung der
überaus wichtigen und viel besprochenen Frage zu liefern, wie
sich diese beiden Methoden der Wundbehandlung unter bestimmt
gegebenen äusseren Verhältnissen hinsichtlich ihrer practischen
Resultate bei einer grössern Anzahl von Operationen und Verletzungen zu einander verhalten.

Indem ich diesen Versuch machte, gehorchte ich keineswegs
etwa dem Impulse irgend einer momentanen, glücklichen oder un-
glücklichen Laune. Abgesehen von dem allgemeinen Interesse,
mit welchem jeder Chirurg gegenwärtig die Wundbehandlungsfrage verfolgt, war ich besonders durch frühere Arbeiten über
Wundbehandlung dahin geführt worden, auf dem einmal betrete-
nen Gebiete weiter zu arbeiten, und obige Untersuchung anzustellen.

Nachdem ich nämlich bereits im Jahre 1872 in einer grössern Arbeit**) mir die Aufgabe gestellt hatte, zu untersuchen,
ob und in wie weit die offene Wundbehandlung bessere Heilresultate liefere als die bisherigen Behandlungsmethoden, welche

---

*) R. U. Krönlein, Beiträge zur Geschichte und Statistik der offenen
und antiseptischen Wundbehandlung. Zwei Abhandlungen. Berlin 1875.

**) R. U. Krönlein, Die offene Wundbehandlung nach Erfahrungen aus
der chirurg. Klinik zu Zürich. Zürich 1872.

sich der üblichen Deckverbände bedienen, und geglaubt hatte, diese Untersuchung zu einem gewissen Abschluss gebracht zu haben, versuchte ich neulich in einem kleinen Aufsatze*) die Resultate historischer Studien, welche ich zum Zwecke besserer Orientirung in dem bewegten Wundbehandlungsstreite unternommen hatte, kurz zusammen zu fassen, wobei ich mir am Schlusse des geschichtlichen Abrisses, im Hinblick auf das Verhältniss von offener und antiseptischer Wundbehandlung zu einander, die Bemerkung gestattete, dass wir trotz der reichlichen Literatur über die antiseptische Methode doch noch nicht behaupten könnten, dass die Cardinalfragen, auf welche es bei der Beurtheilung des practischen Werthes einer Heilmethode ankomme, schon befriedigend gelöst seien, dass wir darum noch nicht wüssten, ob wirklich die antiseptische Wundbehandlung bessere Resultate aufzuweisen habe als ein anderes Verfahren, über welches genaue statistische Erhebungen bereits gemacht worden seien, z. B. die offene Wundbehandlung.

Bald nachdem dieser Aufsatz publicirt war, erschienen fast gleichzeitig jene beiden umfangreichen Arbeiten von Thiersch**) und von Volkmann***), in welchen diese beiden Kliniker die wichtigen Erfahrungen, die sie während eines bestimmten Zeitraums und bei einer grösseren Anzahl von Wunden über die antiseptische Methode gemacht hatten, mittheilten. Dieselben füllten eine grosse Lücke in der Literatur über antiseptische Wundbehandlung aus, um so mehr, als bis zu dem Erscheinen der genannten Arbeiten noch niemals ein ähnliches, einheitlich geordnetes und zusammenhängendes Beobachtungsmaterial in extenso veröffentlicht worden war.

Indem ich bei der Lectüre dieser beiden Werke die Heilresultate, so weit es möglich war, mit denjenigen, welche ich in meiner Schrift über offene Wundbehandlung mitgetheilt hatte, verglich, würde aus der anfänglichen Lectüre allmälig eine vergleichende Zusammenstellung, in der ich den Einfluss der beiden

---

*) R. U. Krönlein, Historisch-kritische Bemerkungen zum Thema der Wundbehandlung. Archiv für klin. Chirurgie. Bd. XVIII.

**) Thiersch, Klinische Ergebnisse der Lister'schen Wundbehandlung etc. Sammlung klin. Vorträge. Nr. 84 und 85. 1875.

***) Volkmann, Beiträge zur Chirurgie. Leipzig 1875.

Wundbehandlungsmethoden, der offenen und der antiseptischen, auf die Mortalität einer Reihe grosser Operationen und Verletzungen, sowie auf das Zustandekommen gewisser gefährlicher accidenteller Wundkrankheiten numerisch festzustellen suchte.

Das Resultat dieser Vergleichsstatistik schien mir beachtenswerth; ich entschloss mich daher, die Arbeit zu veröffentlichen, und sie erschien denn auch, wie bereits erwähnt, vor Kurzem in dem Archiv für klin. Chirurgie, sowie als ein Theil der Eingangs genauer bezeichneten Brochüre.

Man wird sich die Frage vorlegen können, ob dieser Schritt überhaupt ein zweckmässiger gewesen und ob eine solche vergleichende Zusammenstellung, welche aus einem dreifachen, drei verschiedenen Kliniken entstammenden und unter verschiedenen Verhältnissen gesammelten Material einzelne grössere Gruppen von Verletzungen und Operationen sich auswählt, und welche ausserdem noch mit relativ kleinen Zahlen zu rechnen hat, von wissenschaftlichem Werthe sein könne. — Die Beantwortung dieser Frage habe ich mir Eingangs meiner Arbeit angelegen sein lassen; ich habe daselbst auf alle die Mängel einer solchen Vergleichsstatistik aufmerksam gemacht und nirgends sie verschwiegen, gleichwohl aber auch gefunden, dass bei genügender Vorsicht und bei dem redlichen Streben, ganz objectiv der Wahrheit nachzuforschen, der Versuch ganz gewiss gemacht werden dürfe.

Alle diese Erwägungen habe ich meiner eigentlichen statistischen Arbeit in ausführlicher Besprechung vorausgeschickt; sie füllen nahezu den ersten Druckbogen derselben. Aber auch im weitern Verlaufe der Untersuchung habe ich es nicht unterlassen, wo immer es mir nothwendig erschien, dieselben aufs Neue dem Leser in Erinnerung zu bringen.

Ein Umstand war es namentlich, der mich dringend dazu aufforderte, diesen einleitenden Erörterungen, welche Niemandes Meinung präoccupiren, sondern nur Jeden in der Verwerthung der ihm alsobald in der Statistik gebotenen Zahlen und Schlussfolgerungen zur Vorsicht mahnen sollten, einen grössern Raum zu gestatten. Dieser Umstand war folgender:

Als ich die Arbeiten von Thiersch und Volkmann zu dem genannten Zwecke durchstudirte, befolgte ich, was den statistischen Theil meiner Untersuchung betraf, genau dieselben Maximen, die mich vordem bei meiner Arbeit über offene Wundbehandlung geleitet hatten. Es geschah dies, weil ich eine zweckmässigere und übersichtlichere Behandlungsweise des Stoffes anderswo nicht vorgefunden, und anderseits die Art und Weise, wie ich in meiner ersten Arbeit die vergleichende Statistik gehandhabt hatte, von zahlreichen Fachgenossen, deren Urtheil ich hochschätzte, gebilligt worden war. Um dies aber thun zu können, musste ich das Material der beiden Werke von Thiersch und Volkmann in analoger Weise ordnen, wie seiner Zeit das Material, das ich in meiner „offenen Wundbehandlung" verarbeitet hatte. Diese totale Umordnung war bald eine leichte, bald eine sehr mühevolle Arbeit, wie Jeder wohl zugestehen wird, der selbst sich mit statistischen Arbeiten eingehender beschäftigt hat. Namentlich ist es bei solchen Umordnungen eines fremden Materials nicht immer leicht, jeglichen Rechnungsfehler und jegliches kleine Versehen sicher auszuschliessen, und es bedarf oft zahlreicher und unerquicklicher Controlarbeiten, um diese nothwendige Sicherheit zu erlangen.

In Anbetracht dieser mannigfachen Schwierigkeiten gereichte es mir am Schlusse meiner statistischen Berechnungen zu ganz besonderer Genugthuung, in den einzelnen Resultaten, so weit sie sich auf das Thiersch'sche Material bezogen, mit diesem Forscher vollkommen übereinzustimmen. Die Folgerungen, welche ich aus meiner Untersuchung zog, konnten darum auch von denjenigen Thiersch's selbst im Wesentlichen nicht abweichen; „Wahrheit bleibt Wahrheit."

Nicht ganz so glücklich war ich bei der Bearbeitung des Volkmann'schen Materials. Da und dort gerieth ich bei derselben auf auffallende Widersprüche in Volkmann's eigener Darstellung und auf mehrere deutliche Irrthümer, ja bald musste ich mir auch gestehen, dass einzelne Anschauungen Volkmann's von den meinigen fundamental verschieden waren. Ich habe mich nicht gescheut, in meiner Arbeit diese Widersprüche zwischen den Volkmann'schen und meinen statistischen Ergebnissen hervorzuheben und für meine Anschauungen auch die Gründe beizubringen, die mich zwangen, an ihnen festzuhalten; ich that es, weil ich das Recht der freien Forschung auch für mich in Anspruch nahm, und weil ich mehr Werth auf die Richtigstellung der Sache legte, als auf die ängstliche Erwägung, es möchte vielleicht der Gegner mehr oder weniger unangenehm dadurch berührt werden:

„Dimittantur", sagte ich mit dem alten, ehrwürdigen Guido, „tales amicitiae et timores, quoniam amicus est Socrates vel Plato, sed magis est amica veritas!"

Dieses Vorgehen sollte aber nicht ungeahndet bleiben.

Als Entgegnung auf meine Arbeit ist vielmehr aus der Hand Volkmann's dieser Tage eine 34 Seiten lange Flugschrift erschienen, welche, wie schon der Titel andeutet*), in erster Linie sich mit meiner Person, in zweiter Linie mit der Sache selbst beschäftigt, dieses aber in einer solch' pamphletären Weise, dass es mir schwer würde, in der wissenschaftlichen Literatur ein ähnliches Schriftstück aufzufinden.

Wer ein Freund ist von Kraftausdrücken, wie sie nur die leidenschaftlichste Erregung eines erbitterten Gegners hervorzustossen vermag, wird darum die Volkmann'sche Schrift mit Entzücken lesen; er findet von solchen Kraftausdrücken eine reiche Blumenlese. Wer aber an solchen Dingen kein Gefallen findet, wird die Schrift vielleicht mit Bedauern aus der Hand legen. Möge der letztere Leser, an den ich mich im Folgenden wende, nicht befürchten, dass ich hier dem Beispiele Volkmann's zu folgen gedenke! Es fehlt mir zu solchem Unternehmen ebenso sehr die Lust, wie die Zeit und das Talent, und ich hoffe daher in den folgenden Erörterungen, in welchen ich gegenüber den maasslosen Auslassungen Volkmann's nur mein Recht und meine Ehre zu wahren suche, den gebildeten Leser durch eine solche Sprache nicht zu beleidigen:

Ehe ich zur Vertheidigung meiner Arbeit selbst übergehe, will ich zur leichteren Orientirung hier kurz den Gang, den ich in derselben einzuschlagen gedenke, andeuten.

Der Anschuldigungen von Volkmann sind viele; sie beziehen sich nicht nur auf meine letzte Arbeit, sondern auch auf meine früheren literarischen Leistungen, insbesondere auf meine Monographie der offenen Wundbehandlung; sie beziehen sich ferner auf meine Person, meinen Charakter, meine Befähigung, meine

---

*) R. Volkmann, Herr Dr. R. U. Krönlein und seine Statistik. Leipzig 1875.

Stellung als Assistent, meine Jugend. Alle diese Anschuldigungen finden sich bunt neben und durch einander gewürfelt; Volkmann ist dabei weder dem Gange seiner eigenen Arbeit, noch demjenigen der meinigen gefolgt; er reisst dagegen die Stellen meiner Arbeit, die ihm zum Angriff besonders geeignet erscheinen, aus dem Zusammenhang heraus und stellt sie in den Vordergrund, während andere Stellen, in denen ich seinen Anschauungen entgegengetreten bin oder Irrthümer von seiner Seite nachgewiesen habe, als weniger geeignet, mehr in den Hintergrund treten.

Diesen Gang in meiner Entgegnung einzuschlagen, ist nicht meine Absicht. Im Interesse der Wahrheit habe ich es vorgezogen, den folgenden Erörterungen meine angegriffene Arbeit zu Grunde zu legen, sie, um die es sich doch wesentlich handelt, von Anfang bis zu Ende durchzugehen, zu zeigen, welche Behauptungen ich in derselben aufgestellt habe und nachzuweisen, inwiefern Volkmann Recht oder Unrecht hatte, dieselben anzugreifen. Da aber Volkmann in seiner Schrift sachliche Entgegnung und persönliche Angriffe innig vermengt, so wird es mir nicht immer möglich sein, den letzteren, wie ich gerne wollte, ohne Antwort ganz aus dem Wege zu gehen. Wo ich es nicht vermeiden konnte, suchte ich wenigstens den Leser, der sich weniger um die Personen, als um die Sache selbst interessirt, damit nicht lange zu behelligen.

1) Einleitung meiner Arbeit.

Im Anfange meiner Arbeit habe ich, anknüpfend an meine früher erschienenen „historisch-kritischen Bemerkungen zum Thema der Wundbehandlung", betont, dass vor dem Erscheinen der Arbeiten von Thiersch und Volkmann, trotz der reichen Literatur über antiseptische Wundbehandlung und trotz einer aus der Lister'schen Klinik stammenden Arbeit von Reyher*), nach meiner Ansicht die Superiorität der antiseptischen Methode über eine andere Wundbehandlungsart noch nicht sicher festgestellt sei. Ich begründete diese Behauptung damit, dass ich anführte, dass die reiche Literatur über die antiseptische Methode, einschliesslich

---

*) Archiv für klin. Chirurgie Bd. XVII. S. 499. Verhandlungen der Deutschen Gesellschaft für Chirurgie. III. Congress. 1874. S. 165—184.

der epochemachenden und so überaus wichtigen Arbeiten Lister's selbst, eben nur zahlreiche casuistische Mittheilungen, aber keine grösseren und eingehend verarbeiteten Beobachtungsreihen enthalte, aus denen der practische Werth der Methode auch dem Sceptiker entgegenleuchte; und ferner, dass die Reyher'sche Vergleichsstatistik zwar eine grössere Beobachtungsreihe antiseptisch behandelter Amputationen Lister's mittheile, dass aber wegen Nichtberücksichtigung einer Anzahl wichtiger und wesentlicher Punkte, auf die jede Amputationsstatistik Rücksicht zu nehmen habe, eine Reihe von Fehlerquellen von Reyher aus seiner Statistik nicht ausgeschlossen worden seien; dass zudem die Differenz der Mortalität zwischen Syme's und Lister's Amputirten sehr klein (6,3 pCt.) sei und der einzige bedeutungsvolle Unterschied zwischen den Syme'schen Resultaten und denjenigen Lister's darin bestehe, dass bei Syme fast alle Todesfälle wegen Pyämie und Septicämie, bei Lister dagegen wegen „Anämie, Shock und Exhaustion“ eingetreten seien; dass endlich dieses letztere Moment für Denjenigen, welcher wisse, wie sehr in England die vagen Begriffe „Shock und Exhaustion“ missbraucht würden, und welcher ferner die ausserordentliche Dehnbarkeit der Begriffe Pyämie und Septicämie anerkenne, — dass für diesen dieses Moment wesentlich abgeschwächt werde. — Um jegliche Zweideutigkeit auszuschliesen, stellte ich dann in einer Anmerkung die Zahlenangaben Reyher's den Amputationsresultaten aus meiner „offenen Wundbehandlung“, so weit sie sich vergleichen liessen, summarisch gegenüber.

Trotz dieser durchaus sachlichen Darstellung, in welcher ich den Ansichten von Reyher meine eigenen abweichenden gegenübergestellt habe, macht Volkmann in seiner Entgegnung den Versuch, diese Meinungsverschiedenheit auf das Gebiet persönlicher Fehde hinüberzuziehen und mich Reyher, ja sogar Lister als „unehrlichen“ und „unanständigen“ Gegner zu denunciren. Ich weise diese Verdächtigung eben so ruhig wie entschieden als unbegründet zurück und gebe es durchaus Reyher und Lister, welche beide meine Arbeit unmittelbar nach ihrem Erscheinen von mir empfangen haben, anheim, die ihnen geeignet erscheinenden Mittel zur Abwehr zu ergreifen, sollten sie sich durch meine obige Darstellung verletzt fühlen.

In gleicher Weise sucht Volkmann später (S. 31.) auch Thiersch in die Fehde hineinzuziehen, indem er sagt: „Die freundschaftliche Bemerkung von Thiersch, dass seine Erfolge mit der antiseptischen Methode noch nicht ganz so gut seien, wie meine — eine Bemerkung, die Krönlein selbstverständlicher Weise bemängeln muss — bezieht sich vorwiegend auf die Behandlung complicirter Fracturen." — Demgegenüber behaupte ich, dass ich in meiner ganzen Arbeit diese freundschaftliche Bemerkung Thiersch's nicht nur nicht bemängelt, sondern überhaupt nirgends mit nur einer Silbe erwähnt habe und dass überall, wo ich auf die Thiersch'sche Arbeit zu sprechen kam, ich diesem von mir hochgeschätzten Forscher die gebührende Achtung gerne zollte. Die Volkmann'sche Behauptung, dass ich die angeführte Bemerkung Thiersch's bemängelt habe, erkläre ich deshalb als geradezu aus der Luft gegriffen. —

Bei dem bis dahin bestehenden Mangel grösserer beweisender Beobachtungsreihen antiseptisch behandelter Verletzungen und Operationen hob ich dann in meiner Arbeit die hohe Bedeutung der Berichte von Thiersch und Volkmann hervor und nannte sie die ersten genauen und ausführlich veröffentlichten Untersuchungen über den practischen Werth der antiseptischen Methode, und zwar nicht nur in Deutschland, sondern auch in den übrigen Culturländern, die eine eigene medicinische Literatur besitzen. Die grosse Reihe ausgezeichneter, zum Theil geradezu glänzender Erfolge aber, welche in diesen beiden Werken jedem Unbefangenen zur eigenen Prüfung vorgelegt werden, bezeichnete ich als ein unendlich wichtigeres und bleibenderes Document für die hohe Bedeutung der antiseptischen Methode, als alle die von hohem Kothurn herabdeclamirten Eulogien kritikloser Verehrer derselben.

Um diese in den beiden so wichtigen Werken mitgetheilten Resultate der antiseptischen Methode genau zu bemessen, wollte ich sie, wie ich weiter ausführte, mit denjenigen, welche ich in meiner „offenen Wundbehandlung" mitgetheilt hatte, vergleichen und zwar genau innerhalb der Grenzen, welche ich mir einst bei der genannten Arbeit gezogen hatte; d. h. ich versuchte eine vergleichende Statistik der grösseren Amputationen der Extremitäten, der conservativ behandelten complicirten Fracturen der Röhrenknochen der Extremitäten und der Mammaexstirpationen zu geben, über welche Thiersch, Volkmann und ich in den genannten Werken berichtet hatten. Ausserdem wollte ich die accidentellen Wundkrankheiten, Pyämie, Septicämie und Erysipelas, in ihrem Verhältniss zu den genannten beiden Methoden der Wundbehandlung einer statistischen Untersuchung unterwerfen.

Nur diese Gebiete konnte ich einer vergleichenden Statistik unterziehen, da für die offene Wundbehandlung andere verwerthbare Beobachtungssummen in der Literatur bis heute fehlen. Alle diese Punkte setzte ich ausführlich auseinander und bemerkte ausdrücklich, dass diese Untersuchung allein für die vollkommene Würdigung der zu discutirenden Verfahren nicht genügend sei, da der Werth der Lister'schen Methode z. B. noch auf weiteren Gebieten der Chirurgie — so der Behandlung der Abscesse und der Gelenkkrankheiten — zu suchen sei. Es müssten daher nothwendig weitere Untersuchungen dieser folgen; für die vorliegende Untersuchung aber sei es dringend zu wünschen, dass diese vergleichende Statistik nicht anders als im Zusammenhang mit dem Studium der Quellen, aus denen das Material geschöpft wurde, gelesen und geprüft werde, da wegen der oft kleinen Zahlen der Statistik die genauere Kenntniss der Individualität der einzelnen Fälle in den erwähnten Originalarbeiten eingeholt werden müsste.

Weiter hob ich als Einwände, welche gegen eine solche Vergleichsstatistik gemacht werden könnten, hervor, dass das Material aus drei verschiedenen Kliniken, ferner aus drei verschieden langen Zeiträumen herrühre, und dass die in Leipzig und Halle geübten antiseptischen Wundbehandlungsmethoden nicht identisch seien. Indem ich ohne Rückhalt diese Bedenken alle hervorhob, setzte ich gleichzeitig aber auch kurz auseinander, warum gleichwohl eine solche Vergleichsstatistik über die Heilresultate der beiden jetzt so lebhaft besprochenen Behandlungsmethoden nach meiner Ansicht von wissenschaftlichem Werthe sei, und ging nach diesen die äusseren Verhältnisse klarlegenden Erörterungen zur eigentlichen Statistik über.

„Indem ich diesen mir nothwendig erscheinenden Bemerkungen den statistischen Theil meiner Arbeit folgen lasse," so leitete ich diesen Abschnitt meiner Abhandlung ein, „hoffe ich wenigstens vor dem Vorwurf sicher zu sein, zu Gunsten der einen oder der

anderen in Vergleich gezogenen Methode das mir dargebotene
Beobachtungsmaterial einseitig verwerthet zu haben. Nichts
lag mir ferner als dies! Gerade in dem Momente, wo ich diese
Zeilen niederschreibe, strenge ich mich an, mit dem antiseptischen
Verfahren von Thiersch, welches von Langenbeck seit
einiger Zeit in seiner Klinik eingeführt hat, die bestmöglichen
Resultate zu erzielen; auf der anderen Seite aber glaube ich für
den Werth der offenen Wundbehandlung schon genugsam eingetreten zu sein. Möge darum der Leser vorliegende Untersuchung
auffassen als das, was sie sein soll: als eine unbefangene Prüfung des practischen Werthes zweier hochwichtiger
Methoden der Wundbehandlung, unternommen zur
eigenen Belehrung.“

Ich hielt es für nothwendig, den Gedankengang in meiner
Arbeit bis hierher ausführlich wiederzugeben, und namentlich das
Ziel und den Zweck, den ich bei derselben im Auge hatte, nochmals deutlich hervorzuheben. Die schweren Anschuldigungen
Volkmann's zwangen mich zu dieser Breite; gehen wir sie, so-
weit sie sich auf den bisher skizzirten Theil meiner Arbeit beziehen,
einzeln in Kürze durch.

Erstlich wirft mir Volkmann vor, dass zu einer solchen
vergleichenden Zusammenstellung, wie ich sie geliefert, die ge-
eignete Zeit noch nicht gekommen und meine literarische Unter-
nehmung deshalb eine sinn- und zwecklose, eine überstürzte sei;
und er motivirt dieses sein wegwerfendes Urtheil mit dem kleinen
Material, das zur Zeit für solche Untersuchungen vorliege.

Auch ich habe Eingangs meiner Arbeit diesen Punkt betont,
und es deshalb doppelt werthvoll erachtet, dass fast gleichzeitig
nicht nur aus der Halle'schen, sondern auch aus der Leipziger
Klinik ein Bericht über die mit der antiseptischen Methode erzielten Resultate erschienen war, so dass der Einwand des quan-
titativ zu geringen Materials, welcher bei Benutzung des Materials
nur einer der beiden Kliniken allerdings erhoben werden konnte,
durch Verwerthung der einen und der anderen Resultate sehr
an Bedeutung verlieren musste. Die statistischen Tabellen zeigen
im Weitern auch, dass durch die gleichzeitige und einheitliche
Bearbeitung der Halle'schen und der Leipziger Beobachtungen ein
Material geschaffen war, das sich auf 70 grosse Amputationen,

43 complicirte Fracturen und 13 Mamma-Exstirpationen aus-
dehnte, — Zahlen, die an sich zwar klein, doch immerhin die grössten sind, welche für die Beurtheilung des
practischen Werthes der antiseptischen Methode bis
vor ganz Kurzem überhaupt bekannt waren. Ich konnte
mir also sagen, dass, trotz der zahlreichen Discus-
sionen über die antiseptische Wundbehandlung, trotz
der reichen Literatur und trotz der vielen bereits abgeschlossenen Urtheile über diese Methode, welchen
man in der Tagesliteratur täglich begegnete und noch
begegnet, ein so grosses klinisches Material bis jetzt
noch niemals zu einer objectiven vergleichenden Untersuchung verwerthet worden sei, dass darum gerade
jetzt, wo die Wundbehandlungsfrage zur brennendsten chirurgischen Tagesfrage geworden, eine solche Untersuchung Manchem
willkommen sein müsse.

Ausserdem bildete und bildet noch immer die offene Wundbehandlung die Hauptrivalin der antiseptischen Methode, und die
Fragen: „Welche Wundbehandlung halten Sie für die beste Me
thode, würden Sie sich im Falle einer complicirten Fractur offen
behandeln lassen, oder antiseptisch, oder sind Sie dem herkömm-
lichen Deckverband treu geblieben?" — diese Fragen, mit denen
Thiersch seine Arbeit einleitete, bilden heute noch das chirurgische Tagesgespräch. Indem ich also die Resultate, welche
Thiersch und Volkmann bei antiseptischer Wundbehandlung
erreicht hatten, nach dem Maassstabe bemessen konnte und wollte,
welchen mir meine „offene Wundbehandlung" an die Hand gab,
hoffte ich das Interesse für eine solche Untersuchung noch zu
erhöhen.

Es mag endlich gegenüber der Anschuldigung von Volkmann, dass meine Arbeit eine verfrühte und überstürzte sei,
sonderbar klingen, wenn ich hier sage, dass ich mit derselben
doch nur einen speciellen Wunsch Volkmanns erfüllt habe, den
derselbe im Anfange seiner Beiträge folgendermassen äusserte*):

„Indem ich in Betreff der weiteren in der vorstehenden Tabelle enthaltenen Zahlen auf die einzelnen Abschnitte dieses Wer-

---

*) l. c. S. 12.

kes verweise, spreche ich noch den Wunsch aus, dass man dieselben vorurtheilsfrei mit Allem vergleichen möge, was sonst von Jahresberichten aus grösseren Kliniken vorliegt. Ich glaube, dass man alsdann doch zu dem Resultate kommen wird, dass ein gewisser beweisender Werth auch diesen Zahlen nicht abzusprechen ist."

Wir werden später noch sehen, dass Volkmann oft rasch zu vergessen scheint, was er selbst kurz zuvor geschrieben hat, eine Beobachtung, die mich unwillkürlich an ein bon-mot eines geistreichen Chirurgen unserer Zeit erinnerte.*)

Es mögen diese Worte genügen, um meinen Standpunkt zu rechtfertigen, wonach ich mich jetzt schon entschloss, die vorliegende Untersuchung anzustellen und zu veröffentlichen, sowie um den Vorwurf Volkmann's, eine überstürzte, sinn- und zwecklose Arbeit unternommen zu haben, zurückzuweisen.

Nicht minder heftig äussert sich Volkmann ferner darüber, dass ich mich bei der Benutzung des von ihm in seinen Beiträgen gelieferten Materials bloss auf die genaueren und ausführlicheren Mittheilungen aus dem Jahre 1873 beschränkt und namentlich die Resultate, welche von Tillmanns, Mitte Juli dieses Jahres, aus der Halle'schen Klinik publicirt worden sind, in keiner Weise benutzt habe; ja, er scheut sich nicht, zu behaupten, dass ich absichtlich und nur um den Leser zu täuschen, diese späteren Angaben unterdrückt und planmässig verschwiegen habe, und präcisirt, nachdem er ein solches Verfahren ein im höchsten Grade illoyales und unehrliches genannt hat, seine Anklagen dahin, dass er sagt:

„dass Herr Krönlein dem Leser überall Zahlen von mir (Volkmann) mittheilt, von denen er wusste, dass sie durch spätere, über einen gleich grossen oder grösseren Zeitraum ausgedehnte, grössere und sehr viel günstigere Erfahrungen entwerthet seien;

dass es ihm nach meinen weitläufigen Auseinandersetzungen über die nur allmälig zu bewältigenden Schwierigkeiten in der

---

*) Vgl. Stromeyer, Erinnerungen eines deutschen Arztes. Hannover 1875. II. Band. S. 108—109.

Technik des antiseptischen Verbandes nicht entging, dass auf die späteren Resultate ein grösseres Gewicht zu legen sei, als auf die des Versuchsjahrs; und endlich

dass er sehr wohl wusste, dass seine Arbeit nur unter der Voraussetzung möglich war, dass er meine späteren Resultate verschwieg. Denn diese letzteren übertreffen bei allen zum Vergleich angezogenen Verletzungen, Operationen etc., die mit der offenen Wundbehandlung erzielten so weit, dass ein Vergleich beider Methoden überall die Superiorität der antiseptischen Wundbehandlung hätte hervortreten lassen."

Alle diese Anschuldigungen, die, wenn sie wahr wären, mich mit Recht im schwärzesten Lichte erscheinen lassen würden, erkläre ich in ihrem ganzen Umfange als durchaus unrichtig.

Als ich meine Untersuchung im Anfange des vergangenen Sommers und im Laufe desselben unternahm und zu Ende führte, war der Tillmanns'sche Aufsatz im Centralblatt für Chirurgie noch nicht erschienen; er erschien erst in den beiden Nr. 28. und 29. (10. und 17. Juli) des genannten Blattes, d. h. zu einer Zeit, wo meine Arbeit bereits gedruckt war und nur noch die Correctur von mir besorgt wurde*). Schon aus diesem Grunde konnte ich die Tillmanns'sche Mittheilung in meiner Arbeit nicht mehr verwerthen, selbst wenn sie, was ich indess bestreite, überhaupt dazu angethan gewesen wäre, für eine genauere vergleichende Statistik der antiseptischen und der offenen Wundbehandlung ein brauchbares Material zu liefern. Was ich allein thun konnte, als ich die Tillmanns'sche Arbeit zu Gesichte bekam, war, die Angaben, welche sich in derselben auf das Jahr 1873 bezogen, mit den Resultaten meiner bereits abgeschlossenen und gedruckten Arbeit zu vergleichen und hierbei zu constatiren, dass nur 2 auf das Jahr 1873 sich beziehende Angaben in diesem Aufsatze enthalten, diese beiden Angaben aber — falsch waren**). — Ich habe in zwei kurzen Anmerkungen zur Correctur auf diese beiden irrthümlichen Angaben Tillmanns's auf-

---

*) Ich stelle es Volkmann vollkommen frei, die Richtigkeit dieser Angaben sich von der tit. Redaction des Archivs für klinische Chirurgie bestätigen zu lassen.

**) Ich komme auf diese beiden Angaben noch später einmal zurück.

merksam gemacht, ohne jegliche weitere Betrachtung daran zu knüpfen.

Weil also die Tillmanns'sche Arbeit erst nach dem Drucke meiner Abhandlung erschienen war, konnte ich dieselbe nicht benutzen; allein, selbst angenommen, dass sie schon früher erschienen und mir zugänglich gewesen wäre, so durfte ich sie unter keinen Umständen verwerthen, und zwar deswegen nicht, weil die summarischen Angaben Tillmanns's viel zu kurz sind, um eine solche Einsicht in die Heilresultate zu gestatten, wie sie eine rationelle Vergleichsstatistik unerbittlich verlangt. — Ich habe die Forderungen, welche nach meiner Ansicht an eine Statistik gestellt werden müssen, genugsam in meiner „offenen Wundbehandlung“ sowie in meiner letzten statistischen Arbeit auseinandergesetzt, und bemerke nur noch, dass ganz dieselben Gründe, derentwegen ich die Tillmanns'schen Angaben für eine sorgfältige Vergleichsstatistik als unbrauchbar erachte, mich bewogen haben, auch von der Reyher'schen Statistik abzusehen, und mich bei dem von Volkmann selbst dargebotenen Material seiner Beiträge ausschliesslich auf die im Jahre 1873 von ihm erzielten und allein genau mitgetheilten Beobachtungen zu beschränken.

Diesen letztern Grund habe ich in meiner Arbeit klar und deutlich angeführt, um jegliche Zweideutigkeit zu vermeiden.

Wenn Volkmann dagegen behauptet, dass ich, wo ich mir davon Vortheil verspreche, auch über das Jahr 1873 hinausgreife, so ist auch diese Behauptung durchaus unrichtig; und wenn er diese unrichtige Behauptung damit zu stützen sucht, dass er sagt, ich erwähne an einer Stelle der 20 conservativ behandelten und geheilten Unterschenkelfracturen, von denen 8 in das Jahr 1874 fallen, so kann dieser Grund nur für solche Leser berechnet sein, die weder seine Beiträge noch meine Arbeit selbst genauer gelesen haben. Denn diese summarische Zahl von 20 Fällen setzt sich, wie wir später sehen werden, aus 12 Fällen des Jahres 1873 und 8 Fällen des Jahres 1874 zusammen; da aber die Zahl 12 unrichtig und auf 9, resp. 10 zu reduciren ist, so konnte selbstverständlicherweise auch die Zahl 20 nicht richtig sein — und auf diesen Irrthum habe ich allerdings aufmerksam gemacht, weil es der Zusammenhang unbedingt verlangte.

Mit Ausnahme dieser einzigen Stelle, wo ich die Erwähnung

einer noch etwas über das Jahr 1873 hinausgreifenden Angabe Volkmann's nicht umgehen konnte, habe ich mich überall ausschliesslich auf das Berichtsjahr 1873 beschränkt, so dass ich die vollkommene Unrichtigkeit von Volkmann's gegentheiliger Behauptung nochmals hier wiederhole.

Wenn Volkmann ferner bemerkt, dass ich aus seinem Berichte auch fast ausschliesslich die nackten Zahlen herausgerissen hätte, und dass diese Zahlen, und mehr noch, auch seine vorläufigen Mittheilungen über das Jahr 1874 und die erste Hälfte des Jahres 1875 dargeboten hätten, so ist auch diese Behauptung falsch, wie ein einziger Blick in meine Arbeit zeigt. Ich möchte den unpartheiischen Leser bitten, diese vorläufigen Mittheilungen Volkmann's resp. Tillmanns's sich einmal anzusehen, und dann den Versuch zu machen, die darin enthaltenen Zahlenangaben, z. B. über die Amputationen oder die conservativ behandelten Fracturen, in die meiner Arbeit zur Basis dienenden Vergleichstabellen einzureihen; — ich behaupte, dass dieser Versuch absolut scheitern müsste, weil eben diese in den vorläufigen Mittheilungen enthaltenen Angaben für eine so eingehende statistische Zergliederung, bei welcher Alter, Geschlecht, Indication zur Operation, Operation selbst u. s. w. Berücksichtigung finden, viel zu mangelhaft sind.

Ich habe im Vorausgehenden ebenso wie in meiner Arbeit die Gründe, warum ich mich bei der Bearbeitung des Volkmannschen Materials nur auf das Jahr 1873 beschränkte, ausführlich angegeben; ich habe ferner kurz und klar den Zweck meiner Arbeit auseinandergesetzt, indem ich den Leser bat, die vorliegende Untersuchung als das aufzufassen, was sie sein soll: „als eine unbefangene Prüfung des practischen Werthes zweier hochwichtigen Methoden der Wundbehandlung, unternommen zur eigenen Belehrung.“

Volkmann belehrt den unbefangenen Leser anders und giebt ihm auf die Frage, welche Zwecke ich damit verfolgen konnte, dass ich, während mir alle die erwähnten Daten der spätern Zeit (1874 und 1875) bekannt gewesen seien, meine vergleichende Untersuchung auf das Jahr 1873 beschränkte, folgende Antwort: „Der Zweck war der, mir (Volkmann) und der antiseptischen Methode einen empfindlichen Schlag zu versetzen, ehe es mein in Aussicht gestellter, zweiter Jahresbericht, dessen Hauptzahlen ihm schon bekannt waren, unmöglich machte. Gilt doch leider der Satz: „Semper aliquid haeret.“

Mein inneres Bewusstsein, meine Arbeit nicht aus den gemeinen Motiven unternommen zu haben, welche Volkmann mir hier unterschiebt, giebt mir allein die Ruhe, auch diese schweren Anklagen einfach als unrichtig zurückzuweisen, und es nach dem Mitgetheilten dem Leser selbst zu überlassen, zu prüfen, ob meine Arbeit wirklich in diesem unwahren Geiste geschrieben sei. Einzig möchte ich hier den Leser darauf aufmerksam machen, dass ich überall in meiner Arbeit die hohe Wichtigkeit der antiseptischen Methode betont, und als Endresultat meiner Untersuchung nur hervorgehoben habe, dass es mir vorläufig noch nicht möglich sei, die Frage endgültig zu beantworten, welche der beiden „hochwichtigen“ Methoden, die offene oder die antiseptische, die bessere, vorzüglichere sei.

Nachdem ich in der Einleitung meiner Arbeit den Zweck, den ich dabei verfolgte, angegeben und die wissenschaftliche Frage, die ich zu lösen versuchte, genau formulirt hatte, ging ich zur

2) Statistik der Amputationen

über. — In übersichtlichen Tabellen stellte ich die antiseptisch und die offen behandelten grösseren Amputationen einander gegenüber und zwar so, dass das Geschlecht, das Alter, die Operation und die Veranlassung zu derselben in den Tabellen überall verwerthet wurden. Bezüglich der genaueren Individualität der einzelnen Fälle aber, welche bei nicht genügend grossen Zahlen immer Berücksichtigung verdient, hatte ich — wie sich der Leser erinnern wird — bereits in der Einleitung den Wunsch ausgesprochen, es möchten diese statistischen Tabellen nicht anders als im Zusammenhang mit dem Studium der Quellen, denen das Material entnommen sei, gelesen und geprüft werden.

Mit Berücksichtigung der angegebenen Momente kam ich nun zu dem statistischen Schlusse, dass die Amputationsresultate nach vorliegender Untersuchung bei offener Behandlung bessere seien, als bei der antiseptischen Methode, und zwar, wie ich auf Grund einer später in meiner Arbeit mitgetheilten statistischen Untersuchung gleich hinzufügte, obwohl dem Gebiete der conservativen

Behandlung im ersteren Falle sehr viel weitere Grenzen gezogen worden seien als im letztern. Auf dem Wege der Exclusion aber wurde ich zu der Annahme gedrängt, dass diese besseren Resultate in der That der Méthode der Nachbehandlung zuzuschreiben seien. — Da Volkmann die Richtigkeit dieser Zahlen der Amputationsstatistik nicht angreift, so brauche ich sie auch nicht weiter zu vertheidigen. Nur auf einen Punkt möchte ich hier aufmerksam machen, da er, wie es scheint, von Volkmann nicht verstanden worden ist.

Ich hatte nämlich bei der auf die Amputationstabelle folgenden Erörterung der statistischen Resultate unter Anderem auch die Aeusserung gethan: „Sogar die Amputationen des Fusses, deren Bearbeitung Schede in Halle neulich Anlass gab, obiges prophetische Wort*) auszusprechen, — was mich bisher immer der Hoffnung leben liess, gerade auf diesem speciellen Gebiete werde die Umwälzung in den Mortalitätsverhältnissen eine eminente Tragweite erlangen — sogar diese fielen bei offener Wundbehandlung noch etwas günstiger aus als bei der antiseptischen Methode (20,0 pCt. : 27,7 pCt.)." — Ich deutete damit an, dass eben der Werth solcher subjectiven Ansichten, die man so gerne „Ueberzeugungen" nennt, nur ein relativer sei, so lange zu ihrer Stütze keine objectiven Beweise beigebracht würden, und dass jedenfalls das vorliegende Resultat der antiseptisch behandelten Fussamputationen aus der Halle'schen Klinik, welches Schede, wie Volkmann in seiner Entgegnung selbst betont, damals als er seinen Ausspruch that, genau kannte, keineswegs dazu angethan war, für die Zukunft allzu sanguinische Hoffnungen zu hegen und einen „vollkommenen Umsturz aller bisherigen Mortalitätsziffern grösserer Operationen und Verletzungen" vorauszusagen. Ich bin auch jetzt noch dieser Ansicht und begreife nicht, wie Volkmann dagegen polemisiren kann.

Da Volkmann an dem Ergebniss der Amputationsstatistik

---

*) Die Stelle der Schede'schen Arbeit, auf die ich mich hier bezog, lautet: „Ich habe ausserdem die feste Ueberzeugung, dass uns durch eine allgemeinere Verbreitung des Lister'schen Verbandes ein vollkommener Umsturz aller bisherigen Mortalitätsziffern grösserer Operationen und Verletzungen bevorsteht, und dass somit der Werth der bisherigen Erfahrungen in wenigen Jahren nur noch ein sehr relativer sein wird." Sammlung klin. Vorträge. Nr. 72 und 73. S. 550.

sachlich nichts aussetzen konnte, so ging er einen Schritt weiter und stellte in einer kleinen Tabelle die Summen der einzelnen Amputationsresultate aus der Zeit vom 1. März 1874 bis Ultimo August 1875 zusammen, daran die Bemerkung anknüpfend, dass nach seiner persönlichen Ueberzeugung dieses Ergebniss einen viel grösseren Werth besitze als sämmtliche von mir gebrachten Zahlenvergleiche.

Diese Amputationsresultate Volkmann's sind in der That äusserst schöne, und es kann mir nicht einfallen, sie irgendwie heruntersetzen zu wollen, um so weniger, da sie ja nur beweisen können, dass ich nicht so ganz Unrecht hatte, wenn ich auf Grund meiner statistischen Untersuchung glaubte, die antiseptische Methode eine ausgezeichnete, eine „hochwichtige" nennen zu dürfen. Dass indess diese kleine Tabelle, welche Volkmann anführt, einen sehr viel grösseren Werth besitzen soll, als sämmtliche von mir gebrachte Zahlenvergleiche, kann ich trotzdem nicht zugeben, und zwar aus dem einen Grunde nicht, weil ich an eine rationelle Amputationsstatistik weit grössere Anforderungen stelle, als nur die nackte Angabe der bei jeder Operation Geheilten und Gestorbenen, und die kurze Erwähnung der Todesursache.

Nach meiner Ansicht haben also die von Volkmann hier mitgetheilten Zahlen keine grosse Beweiskraft, so glänzend sie sich auch sonst ausnehmen. Gleichwohl scheue ich mich nicht, sie hier wiederzugeben und denselben die aus der ersten Periode (vom 1. December 1872 bis 28. Februar 1874) stammende und von Volkmann im Eingange seiner Beiträge zusammengestellte Amputationssumme noch hinzuzufügen. Indem ich dann dieser summarischen Uebersicht über sämmtliche von Volkmann während des ganzen Zeitraums antiseptischer Wundbehandlung (1. December 1872 bis Ultimo August 1875) erzielte Amputationsresultate ebenfalls das ganze Material offen behandelter Amputationsfälle, welches bis auf den heutigen Tag von Bartscher, Burow und Rose, resp. mir, bekannt gegeben ist, ebenso summarisch gegenüberstelle, möchte ich mich bloss gegen den Vorwurf schützen, als hätte ich die Resultate Volkmann's, weil sie so ausserordentlich günstige zu sein scheinen, verschweigen wollen. Im Uebrigen lege ich weder auf die Zahlen der einen, noch auf diejenigen der andern Reihe einen grossen Werth und hüte mich wohl, irgend welche Folgerung aus ihnen zu ziehen. *)

	Antiseptische Methode (Volkmann)			Offene Behandlung (Bartscher, Burow, Rose)		
	Summa	Geheilt	Gest.	Summa	Geheilt	Gest.
Exarticulatio femoris . . .	1	1	—	—	—	—
Amputatio femoris. . . .	31	22	9	57	42	15
Amputatio cruris	13	13	—	28	25	3
Amputatio pedis	15	15	—	16*)	13	3
Exarticulatio humeri . . .	2	—	2	—	—	—
Amputatio humeri	9	9	—	38	36	2
Amputatio antibrachii · Amputatio manus . . . }	16	15	1	34	34	—
Summa	87	75	12	173	150	23
Hiezu aus Periode I. (Volkmann)	51	32	19	—	—	—
Summa	138	107	31	173	150	23

Gesammt-Mortalität: 22,4 pCt. 13,2 pCt.

*) Zwei geheilte Amputationen des Mittelfussknochens einer Zehe von Bartscher sind als zu unbedeutende Operationen hier nicht mitgerechnet.

Diese Zahlen wären gross genug, um bei der Entscheidung der Fragen: „Sind die offene und die antiseptische Wundbehandlung, verglichen mit andern Behandlungsmethoden, vor Allem zu empfehlende? und welche von diesen beiden empfehlenswerthen Methoden ist bezüglich der Amputationen die bessere, vorzüglichere?" ein gewichtiges Wort mitzusprechen, — doch nur unter einer Bedingung, nämlich nur dann, wenn eine genaue und objective Untersuchung darthun würde, welches die wichtigsten Verhältnisse waren, unter denen diese Resultate erreicht worden sind. Eine solche Untersuchung wäre gewiss eine werthvolle und dankbare; ob sie aber jemals ausführbar sein wird? — Ich möchte letzteres bei der verschiedenartigen Qualität des vorliegenden Materials und bei den zum Theil mangelhaften Mittheilungen bezweifeln.

Ohne solche genaue und eingehende Untersuchung aber haben, wie ich bereits äusserte, diese anscheinend glänzenden Zahlen

*) Bezüglich der genaueren Resultate von Bartscher, Burow und Rose vgl. meine „Offene Wundbehandlung". SS. 15, 16 und 58.

keinen entscheidenden Werth, und wer ohne genauere Detail-
untersuchungen sie dennoch zu diesem oder jenem Zwecke verwerthet, liefert, nach meiner Ansicht, damit nur ein Beispiel mehr
von jener mangelhaften und unbrauchbaren Art von Statistik, wie
sie leider in der Literatur hie und da anzutreffen ist.

Meine Untersuchung hat mich dann weiter geführt zur

3) Statistik der conservativ behandelten complicirten Fracturen und der complicirten Fracturen der Röhren- knochen der Extremitäten überhaupt.

Ich musste dabei vor Allem die kleine Anzahl der zur Vergleichsstatistik verwerthbaren Fälle, besonders auf Seite der antiseptischen Methode, als einen Uebelstand hervorheben. Mit Ausnahme der complicirten Fracturen des Unterschenkels, von denen
13 antiseptisch und 31 offen und conservativ behandelte Fälle
vorlagen, musste ich von einer Vergleichung wegen des kleinen
Materials so gut wie ganz absehen. Was aber die complicirten
Unterschenkelfracturen anbetrifft, so hob ich hervor, dass von den
13 conservativ und antiseptisch behandelten Fällen keiner, von den
31 analogen offen behandelten dagegen 9 starben. Wie die statistische Tabelle bewies, mussten aber die offen behandelten complicirten Fracturen von vornherein insofern als ungünstigere taxirt
werden, als von ihnen nicht weniger als 12, also mehr als ein
Drittheil, dem Alter von 50 bis 70 Jahren angehörte, so zwar,
dass 6 in's sechste, 6 andere in's siebente Altersdecennium hin-
aufreichten. Von diesen 12 Fällen aber starben die Hälfte (6).
Demgegenüber fanden sich unter den 13 antiseptisch behandelten
Fällen nur 2 im Alter von 50 bis 60 Jahren, während das 7. De-
cennium durch gar keinen Fall vertreten war. *) — Ich glaubte
danach die grössere Mortalität der offen behandelten Unterschenkelfracturen zum grossen Theil wenigstens auf Rechnung des höhern
Alters der Kranken setzen zu dürfen, um so mehr, als im Uebrigen die Statistik der complicirten und conservativ behandelten
Fracturen für die offene Wundbehandlung ausserordentlich günstige

---

*) In meiner Arbeit findet sich aus Versehen die Altersklasse vom 50.—60.
und 60.—70. Lebensjahre überall als 5. und 6. Altersdecennium angeführt, an-
statt als 6. und 7.

Resultate aufzuweisen hatte, so nicht weniger als 24 complicirte Fracturen des Oberschenkels und des Oberarms mit nur 4 Todesfällen. *)

Diese Darstellung entspricht durchaus den von Thiersch, Volkmann und mir berichteten Beobachtungen und kann von Niemandem angefochten werden — als von Volkmann. Der Widerspruch zwischen Volkmann's und meiner Darstellung liegt ausschliesslich innerhalb des Gebietes der complicirten Unterschenkelfracturen aus der Halle'schen Klinik, und da dieses Gebiet ein so kleines ist, so wird sich der Leser in demselben leicht zurecht finden können. Folgende kleine Tabelle, welche ich der Uebersichtlichkeit halber — nicht, wie Volkmann bemerkt, bloss zu dem Zwecke, die Zahl seiner Heilungen etwas herabzudrücken — in den Text meiner Arbeit eingeschaltet habe und welche ich hier reproducire, enthält die ganze Anzahl der von Volkmann aus dem Jahre 1873 mitgetheilten complicirten Fracturen des Unterschenkels:

---

*) Die Ansicht, dass das Alter gerade für den Ausgang der complicirten Fracturen und speciell der complicirten Unterschenkelfracturen von grosser Wichtigkeit sei, ist eine zu allgemeine und eine zu leicht durch die tägliche Erfahrung zu erhärtende, als dass ich dieselbe hier, wo ich ihr folge, noch speciell vertheidigen will. Ich führe nur als ein diese Ansicht belegendes Beispiel aus der Literatur eine Stelle aus Billroth's kriegschirurgischen Briefen aus Weissenburg und Mannheim an, wo letzterer sagt (Berliner klin. Wochenschrift 1871. Nr. 39): „Die Ursache der geringeren Sterblichkeit in den Kriegsspitälern (nämlich bei complicirten Fracturen des Unterschenkels und im Vergleich mit den Civilfracturen) möchte ich vor Allem in der Jugend der Verletzten suchen; denn bei diesen Verletzungen hat das Alter einen grossen Einfluss; so war die Sterblichkeit dieser Verletzten in Zürich:

$$\text{zwischen } 10\text{—}20 \text{ Jahren} = 15,3 \text{ pCt.}$$
$$\text{„ } 21\text{—}30 \text{ „} = 25,0 \text{ „}$$
$$\text{„ } 31\text{—}40 \text{ „} = 32,1 \text{ „}$$
$$\text{„ } 41\text{—}50 \text{ „} = 45,4$$
$$\text{„ } 51\text{—}60 \text{ „} = 80,0 \text{ „ “}$$

Volkmann hat weder in seinen Beiträgen zur Chirurgie, wo er von den complicirten und conservativ behandelten Unterschenkelfracturen spricht, noch auch früher in seiner Abhandlung „Zur vergleichenden Mortalitäts-Statistik analoger Kriegs- und Friedensverletzungen" auf diesen Punct auch nur das geringste Gewicht gelegt.

	Anzahl	Gestorben
1. Conservativ behandelt	9	—
2. Amputirt am Oberschenkel, primär . . .	1	1
„ „ „ secundär . .	2	—
3. Amputirt am Unterschenkel, primär . . .	1	—
4. Resecirt im Fussgelenk	1	—
Summa	14	1

Die Eintheilung der complicirten Fracturen in conservativ Behandelte, in primär und in secundär Amputirte und endlich in Gelenkresecirte, welcher ich hier folgte, ist die gewöhnliche, und dieselbe, welche ich auch in meiner Arbeit über offene Wundbehandlung benutzt habe; d. h. ich nannte conservativ Behandelte (und Geheilte) diejenigen, welche mit Erhaltung der Extremität und ohne Gelenkresection behandelt (und geheilt) worden waren. Die Gelenkresectionen betrachtete ich für sich, ebenso die Amputationen; letztere trennte ich in primäre, wenn die Amputation innerhalb der ersten 24 Stunden nach dem Trauma ausgeführt worden war, und in secundäre oder Spät-Amputationen, wenn die Amputation nach den ersten 24 Stunden erfolgt war.

Mögen verschiedene Chirurgen darüber auch verschiedener Ansicht sein, ob es zweckmässig sei, für statistische Zwecke die traumatischen Gelenkresectionen besonders zu betrachten oder mit den (ohne Gelenkresection) conservativ behandelten complicirten Fracturen zu vereinigen, mögen sie ferner in ihren Ansichten bezüglich der Definition des Begriffs „Primär- und Secundär- oder Spät-Amputation" ebenfalls auseinandergehen — das steht meiner Ansicht nach fest, dass bis heute in allen Amputationsstatistiken die amputirten und die conservativ behandelten complicirten Fracturen strenge auseinander gehalten worden sind, dass Amputation und conservative Behandlung im chirurgischen Sprachgebrauche Gegensätze bilden und es darum durchaus paradox klingen würde, ohne Weiteres zu sagen: „Dieser oder jener Einbeinige oder Einarmige ist von mir conservativ behandelt und geheilt worden," oder: „Sie sehen in diesem oder jenem Einbeinigen oder Einarmigen das Resultat meiner conservativen Behandlung." *) — Wer

---

*) Diese Ansichten, die ich hier vertrete, widerstreiten keineswegs etwa denjenigen, welche Billroth, auf den Volkmann sich in seiner Entgegnung

diese meine Ansicht theilt, der wird leider Volkmann zum Gegner haben; denn Volkmann vereinigt ohne weitere Motivirung in seinen Beiträgen die conservativ behandelten complicirten Fracturen und die Secundäramputationen in eine Gruppe, rechnet zu

---

beruft, in seinen statistischen Arbeiten (z. B. in seiner „Chirurgischen Klinik von Zürich" oder in seinen „Kriegschirurgischen Briefen aus Weissenburg und Mannheim") aufgestellt hat. Billroth betont nämlich an verschiedenen Orten, und, wie ich glaube, mit vollem Rechte, dass es durchaus unthunlich sei, die complicirten Fracturen der Extremitäten — bei der Frage, wie sich ihre Resultate bei operativer und bei nicht operativer Behandlung bezüglich der Mortalität zu einander verhalten — einfach zu trennen in „consequent conservativ Behandelte" und in „überhaupt Amputirte"; er verlangt vielmehr, dass unter den Amputirten die secundären Amputationen nothwendig besondere Berücksichtigung verdienen, in der Weise, dass sie „als Resultate aufgegebener conservativer Behandlung" einerseits mit den Resultaten der letzteren combinirt und direct mit den Erfolgen der primären Amputation verglichen, andererseits aber für sich selbst als eigene Kategorie betrachtet werden sollen. Beides sei nothwendig. (Vgl. speciell: Berliner klin. Wochenschrift 1871. Nr. 26. S. 307.)

In meiner Arbeit habe ich auf diese Verhältnisse insofern Rücksicht genommen, als meine statistischen Tabellen über Amputationen und über complicirte Fracturen Auskunft geben 1) über die Gesammtzahl der complicirten Fracturen, welche den beiden Behandlungsmethoden, der offenen und der antiseptischen, unterworfen wurden; 2) über die Gesammtzahl der traumatischen Amputationen; 3) bei diesen wieder über die Gesammtzahl der Primär- und der Secundäramputationen; 4) endlich über die Gesammtzahl der consequent bis zu Ende (Heilung oder Tod) conservativ behandelten complicirten Fracturen. In dem uns vorliegenden Falle aber handelt es sich gar nicht um einen Vergleich der Resultate complicirter Fracturen bei operativer und bei nicht operativer Behandlung, sondern um die Feststellung der Mortalität der conservativ behandelten complicirten Fracturen für sich, sowohl bei offener als auch bei antiseptischer Behandlung. Obwohl ich daher den eben angeführten Anschauungen Billroth's vollkommen beipflichte, so finde ich es doch nicht gerechtfertigt, mit Volkmann hier, wo die Amputationsfrage gar nicht in Betracht gezogen wird, die Secundär-Amputationen ohne Weiteres mit den conservativ behandelten Fracturen zu vereinigen. Ich glaube mich auch nicht zu täuschen, wenn ich annehme, dass Jedermann, der bisher die summarischen Berichte von Volkmann, resp. Tillmanns gelesen hat, immer der Meinung war, es seien unter den jeweils angeführten „conservativ behandelten und geheilten" complicirten Fracturen nur solche Fracturen verstanden, die ohne Einbusse einer Extremität geheilt worden waren, während in Wirklichkeit unter dieser schlechtweg gebrauchten Bezeichnung auch Secundär-Amputationen und Resectionen mitlaufen.

derselben endlich auch die eine traumatische Fussgelenkresection
und spricht also überall da, wo er die schönen Resultate hervorhebt, welche er gerade bei den complicirten Unterschenkelbrüchen
erreicht hat, von „12 hintereinander und ohne einen einzigen Todesfall geheilten complicirten (und conservativ behandelten*)
Fracturen.“

Diese statistische Angabe der 12 conservativ behandelten,
complicirten und geheilten Fracturen ist bereits in der Literatur
auch weiter verbreitet worden (cfr. Tillmanns l. c.), ohne dass
dabei auch nur andeutungsweise bemerkt worden wäre, dass unter
diesen conservativ Behandelten und Geheilten auch 2 Amputirte
mitzählen.

Gegen eine solche Darstellung erhob ich Widerspruch, indem
ich sagte:

„Es erscheint mir bedenklich, Fälle von complicirten Fracturen, welche in der 3. oder 4. Woche nach erlittenem Trauma
zur Amputation geführt haben und dann geheilt sind, schlechtweg
„conservativ behandelte und geheilte“ zu nennen und als solche
statistisch zu verwerthen, und ich glaube es auch nicht weiter
rechtfertigen zu müssen, wenn ich solche Fälle bisher immer unter
die traumatischen Amputationen und zwar unter die secundären
oder Spät-Amputationen gerechnet und den conservativ, d. i. den
mit Erhaltung der Extremität Behandelten gegenübergestellt habe.
In gleicher Weise habe ich auch die traumatischen Resectionen
nicht ohne Weiteres mit den conservativ behandelten Fracturen
zusammengeworfen. Demnach betone ich hier, dass nach obiger
Statistik nur 9 von den 14 complicirten Unterschenkelfracturen
conservativ behandelt und geheilt worden sind, nicht 12.“

Ich halte diese Auffassung auch heute noch vollkommen und
in allen Theilen aufrecht.

Noch bezüglich eines zweiten Punktes in der Volkmann’-
schen Darstellung der 14 complicirten Unterschenkelfracturen
konnte ich mein Bedenken nicht unterdrücken.

Nachdem nämlich Volkmann in Kürze die Krankengeschich-

---

*) Dass hier nur die conservativ behandelten complicirten Fracturen ge-
meint sind, bringt der Zusammenhang mit sich, und betont Volkmann selbst
mit Nachdruck in seiner Entgegnung.

ten der 14 Fälle gebracht hat, fährt er fort: „Es ist selbstverständlich, dass bei Betrachtung der bei Behandlung der complirten Unterschenkelfracturen nach der antiseptischen Methode von uns gewonnenen Resultate, Beobachtung 14 weggelassen werden muss, in der es sich um die schwersten multiplen Verletzungen bei einem älteren, 64 jährigen Manne handelt, und wo der Tod vor Eintritt der Reaction in Folge des sog. Shoc's nach vorgängiger primärer Oberschenkelamputation erfolgte." —

Ich konnte, wie gesagt, auch diese Auffassung nicht theilen und bemerkte, dass „es mir sehr bedenklich erscheine, jenen einen Fall von primärer Oberschenkelamputation ohne Weiteres von der Statistik auszuschliessen, blos deswegen, weil er gestorben ist." — Dass Volkmann die beiden Primäramputationen für sich betrachtet wissen wollte, und dass er sie darum nicht auch noch mit den „12 hintereinander und ohne einen einzigen Todesfall geheilten offenen Fracturen des Unterschenkels" zusammengeworfen hat, war gewiss vollkommen richtig; ich habe es in meiner Arbeit auch nicht gethan, und konnte ihm daraus um so weniger einen Vorwurf machen, als ich ja sogar die obige Zahl 12 als zu gross und deshalb als unrichtig anfocht. — Dass er aber jenen tödtlich verlaufenen Oberschenkelamputirten bei der Betrachtung der sämmtlichen 14 complicirten Fracturen von vornherein weglassen wollte — dies schien mir allerdings bedenklich. Indem ich dieses Bedenken äusserte und bemerkte, dass ich diesen Fall in meiner Zusammenstellung überall da, wo er seiner Natur nach hingehörte, angeführt hätte, fügte ich zur Motivirung die allgemeine Bemerkung hinzu, „dass in meinen Augen eine Statistik, welche sich auf ein Material stützt, aus dem nach rein subjectivem Ermessen der eine oder andere ungünstig verlaufene Fall ausgemerzt worden ist, von fraglichem Werthe ist."

„Nach meiner Statistik," fuhr ich dann fort, „starb also von den 14 complicirten Unterschenkelbrüchen 1 Fall, und es ist die Reihe jener 20 „hintereinander und ohne einen einzigen Todesfall geheilten" offenen Unterschenkelbrüche aus den Jahren 1873 und 1874 jedenfalls zu reduciren."

An diesem Resultat meiner Untersuchung, welche sich auf die complicirten Fracturen des Unterschenkels der Halle'schen

Klinik bezieht, halte ich noch heute fest, und ich erkläre darum alle die schweren Anschuldigungen, mit denen Volkmann die ersten 7 Seiten seiner Schrift füllt, für unbegründet.

Diese Anschuldigungen beruhen entweder auf einem zufälligen oder auf einem absichtlichen Versehen von Seite Volkmann's.

Während ich es nämlich, wie ich soeben ausgeführt habe, für bedenklich erachtete, dass Volkmann von vornherein bei der Betrachtung der 14 complicirten Unterschenkelfracturen den einen tödtlich verlaufenen Fall weglassen wollte, und durch ein genaues Citat in meiner Arbeit (nämlich: „vergl. Volkmann l. c. S. 107“) genau auf die Stelle hinwies, welche mich veranlasste, dieses Bedenken auszusprechen, ignorirt Volkmann in seiner Entgegnung das Citat vollständig, bezieht meine Bemerkung auf die S. 108 seiner Beiträge sich vorfindende Aeusserung, wonach 12 resp. 20 (conservativ behandelte) complicirte Fracturen des Unterschenkels hintereinander und ohne einen einzigen Todesfall geheilt sein sollen, und wirft mir demzufolge vor, dass ich fälschlicherweise ihm den Vorwurf mache, er habe bei der Aufzählung dieser 12 resp. 20 (conservativ behandelten) complicirten Fracturen den tödtlich verlaufenen Fall weggelassen.

Hätte Volkmann mein Citat nicht übersehen oder absichtlich ignorirt, so hätte er das Bedenken, das ich geäussert, auf die richtige Stelle bezogen, und die maasslosen Auslassungen, welche die ersten 7 Seiten seiner Schrift füllen, hätte er sich somit füglich ersparen können. Er hätte sich dann auch nicht zur Motivirung seiner Ansicht folgenden, sehr eigenthümlichen Fehler in seiner Entgegnung zu Schulden kommen lassen.

Um nämlich dem Leser plausibel zu machen, es handle sich von meiner Seite „entweder um eine sehr grobe und unter den vorliegenden Umständen unverzeihliche Nachlässigkeit, oder, was der ganze Tenor der Arbeit leider als das richtige erweist, um eine absichtliche und gar nicht ungeschickt angelegte Täuschung,“ behauptet Volkmann, ich habe sie (die Täuschung) im Wesentlichen dadurch erreicht, dass ich durch allerhand Manipulationen, Weglassung der Vordersätze bei Citaten u. s. w., den Leser irre zu führen suche und scheut sich in der That nicht, im weiteren Verlaufe seiner Deduction diejenigen Worte meines Citates, welche ihm unbequem sind, kurzweg als nicht vorhanden zu bezeichnen — natürlich in der Voraussetzung, der Leser werde meine Arbeit nicht nachschlagen. Denn dass hier ein unabsichtlicher Irrthum bei Volkmann untergelaufen sein sollte, ist dem ganzen Zusammenhang nach unmöglich.

Sehen wir, wie Volkmann verfährt, er, der mit demselben Federstriche mir grobe Nachlässigkeit und absichtliche Täuschung des Lesers vorgeworfen hat.

Er sagt (Seite 5—6):

„Endlich schliesse ich folgende Note an (Beitr. zur Chirurgie S. 108), welche Herr Dr. Krönlein nur zum Theil, und so reproducirt, dass die beiden hier gesperrt gedruckten Worte in Wegfall kommen.

Ich habe schon auf S. 12 (Note) bemerkt, dass auch im Jahre 1874 sämmtliche conservativ behandelten complicirten Knochenbrüche geheilt worden sind. Die Zahl der hintereinander und ohne einen einzigen Todesfall geheilten offenen Unterschenkelbrüche beträgt heute — 30. Januar 1875 — genau zwanzig! Die zwanzigste Beobachtung selbst betrifft einen 68jährigen Mann, wo aus der Wunde eine schwere venöse Blutung erfolgte. Trotzdem war der Verlauf ein von Anfang bis zu Ende fieberloser. Es ist nicht zu kühn, wenn ich behaupte, dass ein ähnliches Resultat bisher niemals bei irgend einer anderen Behandlungsweise erreicht wurde.“

Ich sage (Seite 58—59):

„Volkmann, der zu diesem schönen Resultate (nämlich zu den 13 Fällen conservativ behandelter complicirter Unterschenkelbrüche aus den Kliniken von Halle und Leipzig) die grössere Mehrheit der Fälle geliefert hat, benutzt in seinem Werke diesen Anlass, diesen Erfolg, den er nur der antiseptischen Methode glaubt verdanken zu müssen, gebührend hervorzuheben, indem er sagt: „„Hiernach ist es mir sehr fraglich, ob irgend Jemand, bei Anwendung einer früheren Methode, sei es nun die offene Wundbehandlung oder irgend eine andere, jemals schon 12 complicirte, durch die stumpfen Gewalten des civilen Lebens erzeugte und in einer erheblichen Quote der Fälle mit starken Quetschungen und späteren Gangränescirungen der Weichtheile verbundene offene Unterschenkelfracturen hintereinander geheilt hat, ohne dazwischen einen Kranken zu verlieren.““ In einer Anmerkung fügt Volkmann dann noch ferner hinzu, dass im Jahre 1874 8 fernere complicirte und conservativ behandelte Unterschenkelbrüche ohne einen einzigen Todesfall geheilt seien, so dass die Zahl der hintereinander und ohne einen einzigen Todesfall geheilten offenen Unterschenkelbrüche am 30. Januar 1875 genau 20 betrage. „„Es ist nicht zu kühn,““ fährt Volkmann fort, „„wenn ich behaupte, dass ein ähnliches Resultat bisher niemals bei irgend einer anderen Behandlungsweise erreicht wurde.““

Daraus wird der Leser ersehen, dass ich den Sachverhalt ganz genau im Sinne Volkmann's wiedergegeben habe, indem ich referirend bemerkte, dass ausser den 12 complicirten und hintereinander geheilten Unterschenkelbrüchen des Jahres 1873 8 fernere complicirte und conservativ behandelte Unterschenkelbrüche im Jahre 1874 ohne einen einzigen Todesfall geheilt seien. Ich habe also in meinem obigen Referate 1) das Wort „conservativ" nicht weggelassen und 2) das Wort „auch" vollkommen in seiner Bedeutung ersetzt durch das Wort „fernere."

Möge der Leser mir meine Ausführlichkeit verzeihen; um die Art der Waffen, mit denen Volkmann zu kämpfen sich nicht scheut, an einem Beispiele deutlich zu kennzeichnen, durfte ich nicht kürzer sein. —

Als durchaus nothwendige Vervollständigung der Statistik der conservativ behandelten complicirten Fracturen reihte ich ihr dann eine vergleichende Zusammenstellung sämmtlicher complicirter Fracturen an, welche hier offen, dort antiseptisch behandelt worden waren.

Damit wollte ich, wie ich in meiner Arbeit betonte, die wichtige Frage zu beantworten suchen, welche Wege unter dem Einfluss der beiden Behandlungsmethoden zur Heilung dieser Fracturen eingeschlagen worden seien, d. h., wie gross das Gebiet der conservativen Methode, der Gelenkresection und der Amputation resp. Exarticulation auf der einen sowohl wie auf der anderen Seite sei. Ich legte auf diese Untersuchung einen grossen Werth und glaube auch jetzt noch, dass sie wohl Berücksichtigung verdient, obwohl Volkmann sie eine müssige nennt, so lange nicht auf beiden Seiten die Schwere der Verletzungen festgestellt sei.

Gewiss kommt diese letztere in erster Linie in Betracht; und wäre es sicher constatirt, dass die complicirten Fracturen in Halle und Leipzig alle schwererer Natur gewesen wären, als diejenigen in Zürich, so hätte das Resultat meiner Zusammenstellung, wonach bei der offenen Wundbehandlung eine viel grössere Anzahl aller complicirten Fracturen (63,7 pCt.) conservativ behandelt worden sind, als bei der antiseptischen (39,5 pCt.), keinen grossen Werth. Allein diese Annahme, welche Volkmann in der That für Halle geltend macht, ist nach meiner Ansicht eine willkürliche, und so weit ich das Material nach den vorliegenden Berichten kennen lernen konnte, eine nicht sehr wahrscheinliche, da das fabrikreiche Zürich, ähnlich wie Halle, eine auffallend grosse Anzahl von schweren Fabrik- und Eisenbahn-Verletzungen Jahr aus Jahr ein in's Spital sendet. Auf diesen Punkt hat bereits vor mehreren Jahren schon Billroth*) aufmerksam gemacht. — Jedenfalls darf daraus, dass in Zürich in einem Zeitraum von 4 ¼ Jahren nur 1 Kranker mit den sicheren Zeichen der Pyämie und Septicämie auf die klinische Abtheilung aufgenommen wurde, während Volkmann für Halle und denselben Zeitraum die Zahl solcher hoffnungslosen Fälle, welche der Klinik zugehen, auf etwa 20—25 schätzt, nicht etwa ohne Weiteres der Schluss gezogen werden, dass in Wirklichkeit mehr hoffnungslose Fälle in die Halle'sche Klinik aufgenommen werden, als in diejenige von Zürich. Denn wenn auch Volkmann, in nicht gerade sehr delicater Weise, betreffs dieser von ihm angenommenen Differenz der frisch in die Klinik aufgenommenen Fälle bemerkt, dass es gleichgültig sei, wodurch dieselbe sich erkläre: ob dadurch, dass derartige in der Behandlung anderer Aerzte verunglückte Kranke in Zürich auf die Secundarabtheilung verlegt, oder dass sie überhaupt zurückgewiesen werden, — so kann ich ihm aus meiner Assistentenzeit in Zürich die Versicherung geben, dass weder das eine noch das andere dieser beiden Mittel zur Verbesserung der Statistik angewandt worden ist, und dass möglicherweise noch einfacher die Differenz auch darin ihre Erklärung findet, dass sehr viele Fälle in Halle gleich bei der Aufnahme als pyämische oder septicämische und darum als hoffnungslose taxirt werden, welche in Zürich noch als frei von diesen Wundkrankheiten passiren. Die Bemerkung Volkmann's, dass er in den Begriff der Pyämia simplex auch alle Fälle von Tod nach chronischen Eiterungen bei Operirten und Verletzten einrechne, zeigt wenigstens, wie weit von ihm der Begriff Pyämie gefasst wird.

Ich nehme also an, dass die grosse Differenz in der Grösse des Gebiets der conservativen Behandlung bei complicirten Fracturen durch die verschiedene Qualität der traumatischen Fälle in Halle und in Zürich nicht allein erklärt werden kann.

Bei Anlass dieser statistischen Untersuchung habe ich ferner in einer kurzen Anmerkung zur Correctur des Irrthums er-

---

*) Chirurgische Klinik. Zürich 1860—1867. S. 50—51.

wähnt, den Tillmanns begeht, wenn er (l. c.) die Zahl der conservativ behandelten complicirten und geheilten Fracturen des Jahres 1873 auf 17 angiebt. Ich habe als Summe der conservativ behandelten und sämmtlich geheilten complicirten Fracturen der Röhrenknochen der Extremitäten in meiner Arbeit 11 angegeben. Rechnet man mit Volkmann aber zu diesen 11 Fällen noch weiter einen complicirten Splitterbruch der Patella, ferner eine Fussgelenkresection, und endlich noch 2 secundäre Oberschenkelamputationen, so resultirt daraus doch immer erst die Summe von 15 conservativ behandelten complicirten und sämmtlich geheilten Fracturen, nicht von 17.

Mit dieser Untersuchung hatte ich die Vergleichsstatistik der Amputationen und der complicirten Fracturen geschlossen. Ich hatte dabei auf eine Reihe von Momenten Rücksicht genommen, welche statistisch verwerthet werden können, so auf Alter, Geschlecht, Zeit und Ort der Operation oder Verletzung, Indication zur Operation, Verhältniss von conservirender Behandlung, Gelenkresection und Amputation zu einander. Wegen der Individualität der Fälle aber hatte ich im Uebrigen wiederholt gebeten, es möchte diese Arbeit nicht anders als im Zusammenhang mit dem Studium der 3 Berichte, auf denen sie fusste, gelesen und geprüft werden.

Dass das Ideal einer Vergleichsstatistik damit noch lange nicht erreicht worden ist, weiss ich sehr wohl; dass sie indess einen Vergleich mit andern bis jetzt vorliegenden Statistiken aushalten werde, glaube ich, ohne unbescheiden zu sein, annehmen zu dürfen.

Es ist nicht zu vergessen, dass eine Statistik immer nur eine Wahrscheinlichkeitsrechnung bleiben wird, und dass zumal eine klinische Vergleichsstatistik eine absolute Sicherheit schon deswegen nie bieten kann, weil zwei Krankheitsprocesse, zwei Operationen, zwei Verletzungen nie vollkommen sich gleichen, und uns anderseits immer ein Theil der Mittel fehlen wird, um für jeglichen solchen individuellen Unterschied auch gleich einen Zahlenwerth zu finden.

Volkmann, dem 20 — wie er sie nennt — conservativ behandelte und hinter einander geheilte complicirte Unterschenkelbrüche genügen, um zu behaupten, dass ein ähnliches Resultat bisher niemals bei irgend einer anderen Behandlungsweise erreicht worden sei, Volkmann findet indess meine Untersuchung alles Urtheils und aller Logik baar, und sagt wörtlich: „In einer Arbeit, die es sich zur Aufgabe stellt, zu ermitteln, was bei einer Anzahl von Verletzungen und Operationen durch zwei verschiedene Behandlungsmethoden geleistet wurde, und die mit so geringem Zahlenmaterial operirt, werden die Fälle einfach gezählt, nicht gewogen, nirgends der individuelle Werth der Zahlen zu bestimmen gesucht, und zwar selbst da, · wo sie sich bei den einzelnen Verletzungsformen und Operationsarten in den Einern bewegen oder dieselben nur wenig überschreiten." ... „Je mehr die Wagschaale der absichtlichen Täuschung von einem wohlmeinenden Richter entlastet würde, desto mehr würde die der Insufficienz sich füllen. Denn auch nach dieser Richtung ist die Krönlein'sche Arbeit eine in unseren Tagen unerhörte Leistung. Unerhört insofern, als ein junger Arzt, der sich specieller mit Chirurgie beschäftigt, durch Leidenschaft und den Wunsch, seiner Erstlingsarbeit in ihren Resultaten ein ewiges Leben zu sichern, so weit sich hinreissen lässt, dass er alles Urtheils und aller Logik baar wird."

— So Volkmann. —

Indem ich zu dem folgenden Kapitel meiner Arbeit übergehe, gelange ich, der Disposition getreu, zu den

4) Mamma-Exstirpationen,

bei denen, wie ich mich ausdrückte, „das Missliche eines kleinen Vergleichsmaterials uns recht deutlich entgegentritt." 13 antiseptisch behandelten Mammaamputationen mit 5 Todesfällen stehen 22 offen behandelte mit 3 Todesfällen gegenüber. Von den 8 Fällen Volkmann's, welche antiseptisch behandelt worden waren, starben genau die Hälfte, und zwar 1 in Folge allgemeiner Carcinomatosis, wie ich ausdrücklich hervorhob, 1 an Septicämie und 2 an Pleuritis. Von den 22 offen behandelten dagegen gingen 1 Fall an Septicämie und 2 Fälle an Erysipelas zu Grunde.

Wenn die Zahlen also auch klein waren, so waren sie doch gross genug, um einen wesentlichen Unterschied zwischen der

Mortalitätsziffer bei offener und bei antiseptischer Behandlung zu manifestiren, was mich veranlasste, Folgendes zu bemerken:

„Nach diesen Resultaten ist es mir geradezu unverständlich, wie Volkmann zu der Bemerkung kommen konnte, dass es sich als wünschenswerth gezeigt hätte, auch dieser Operation die Vortheile des antiseptischen Wundverlaufs zu sichern, der, ausser andern Vortheilen, vor allem die accidentellen Wundkrankheiten ausschliesse. Gerade jene grosse Tabelle, in welcher Volkmann seine sämmtlichen, im Jahre 1873 ausgeführten Mammaexstirpationen — gleichgültig, wie immer sie behandelt worden sind — so übersichtlich zusammengestellt hat, könnte einem Vertheidiger der offenen Wundbehandlung das schönste Material liefern, um an demselben die Superiorität der offenen Wundbehandlung über die antiseptische darzuthun. Volkmann hat nämlich im Jahre 1873 22 Mammaexstirpationen ausgeführt, von denen laut seiner Angabe 12 offen und 8 antiseptisch behandelt worden sind, während von 2 Fällen die Behandlungsmethode nicht genauer angegeben ist. Von den 12 offen behandelten Fällen heilten alle! von den 8 antiseptisch behandelten starben 4 und zwar, wie wir vorhin gesehen haben, 3 jedenfalls in Folge der Operation.“

Diese Thatsachen sind ohne jegliche Einschränkung und jegliche Verclausulirung durchaus richtig, und da ich in meiner Arbeit für die einzelnen Fälle der Volkmann'schen Mammaexstirpationen jeweils durch ein Citat auf die Belegstellen in der Volkmann'schen Arbeit hingewiesen habe, so lässt sich daran auch weiter nicht rütteln.

Da Volkmann also meine Zahlen nicht angreifen kann, so geht er anders zu Werke: er behauptet, ich verschweige dem Leser meiner Arbeit vollkommen, dass er selbst seine ersten Versuche bei Mammaexstirpationen als nicht geglückt betrachtet und später, d. h., im Jahre 1874, wo er der Schwierigkeit Herr geworden sei, ausgezeichnete Resultate gewonnen habe; und ich wolle in meiner Arbeit bloss zeigen, dass er im Berichtsjahre nach meiner — wie er sagt — willkürlichen Berechnung von 12 offen behandelten Brustamputationen keine, von 8 antiseptich behandelten dagegen 4 verlor. „Wie verwerflich,“ ruft er sodann aus, „sind hier wieder die Mittel, die angewendet werden, um den Leser zu täuschen! Das ist wiederum noch sehr viel mehr

als „le mensonge en chiffres" einer willkürlich und tendenziös
benutzten Statistik!"

Diesem Ergusse gegenüber habe ich zur Sache bloss zu bemerken,

1) dass die Behauptung Volkmann's, meine Berechnung
(wonach im Jahre 1873 in Halle von 12 offen behandelten
Brustamputationen keine, von 8 antiseptisch behandelten dagegen
4 gestorben sind) sei „völlig willkürlich," unrichtig ist und dass
er doch wenigstens den Versuch hätte anstrengen sollen, diese
seine unbewiesene Behauptung zu belegen;

2) dass ich nicht auf Grund der eben sub 1) genannten Berechnung — wie Volkmann behauptet —, sondern auf Grund
der Resultate meiner Vergleichsstatistik den Volkmann'schen
Ausspruch, (es hätte sich als wünschenswerth gezeigt, auch dieser Operation die Vortheile des antiseptischen Wundverlaufs zu
sichern) unverständlich fand.

Warum ich mich, wie überall in meiner Arbeit, so auch bei
den Mammaamputationen, bloss auf das Material des Jahres 1873
im Volkmann'schen Berichte beschränken musste, habe ich früher
eingehend erörtert. — Dass ich aber ferner in meiner vergleichenden Zusammenstellung der mit den beiden verschiedenen Behandlungsmethoden an den Kliniken von Zürich, Leipzig und
Halle erzielten Resultate stets nur den Weg der unerbittlichen
Statistik und nicht denjenigen allgemeiner Betrachtungen und
Phrasen gewählt habe, um den Werth der beiden Methoden festzustellen, das liegt eben in der Natur dieser wissenschaftlichen
Untersuchungsmethode.

Wohl weiss ich, dass Volkmann in seinen Beiträgen nirgends verlegen ist, für alle Misserfolge des antiseptischen Verfahrens eine Entschuldigung aufzufinden, seien es nun Unterlassungssünden oder Ungeschicklichkeit seiner Assistenten oder Stell-
vertreter, ungenügende Fertigkeit in der Technik des complicirten Verfahrens, aussergewöhnliche Schwere der Fälle, bereits von
den Patienten in's Spital hineingebrachte pyo- oder septicämische
Infection u. s. f. — Alle diese Momente können möglicherweise
obgewaltet haben; allein sie spielen auch eine Rolle bei anderen
Behandlungsmethoden, wie ich schon in meiner Arbeit bei Be-

sprechung der in Zürich bei offener Wundbehandlung vorgekommenen Pyämie- und Septicämiefälle hervorhob, indem ich sagte:

„Wohl könnte Jemand auch hier — ob jedoch immer mit Recht? — die Schuld dieser relativ wenigen, für unsere Ansprüche jedoch immer noch zu vielen Pyämie- und Septicämiefälle auf begangene Unterlassungssünden von Seite des Warte- und Aerzte personals schieben und damit einen Versuch machen, die Unfehlbarkeit der Methode zu retten. Allein mit diesen Factoren werden wir — wollen wir es ehrlich gestehen — auch in den allerbesten Krankenhäusern stets zu rechnen haben, sie werden sich auch bei anderen Methoden der Wundbehandlung, mit denen wir unsere Resultate vergleichen, nicht ganz ausschliessen lassen, und somit kann ich denn nichts gegen die Folgerung einwenden, dass auch in den allerbesten Krankenhäusern, bei allerbester Pflege und ärztlicher Sorgfalt und bei offener Wundbehandlung dann und wann wohl ein Pyämie- und Septicämiefall vorkommen werde."

So lange wir eben obige Factoren numerisch nicht festzustellen vermögen, so lange können wir sie in einer Vergleichsstatistik, wie der vorliegenden, auch nicht verwerthen. Im Allgemeinen dagegen lässt sich wohl behaupten, dass, wenn von 2 Behandlungsmethoden die eine in technischer Beziehung ausserordentliche Schwierigkeiten bietet, und jeder kleinste Fehler in der Technik von den schwersten Folgen begleitet sein kann, während die andere sich durch grössere Einfachheit und eine leichter zu bewältigende Technik auszeichnet, — dass dann, ceteris paribus, die letztere Behandlungsmethode den Vorzug verdient.

Ich habe mich Angesichts der so klar vorliegenden Verhältnisse meiner Mamma-Amputationsstatistik vielleicht etwas zu lange mit diesen Dingen beschäftigt. Möge jedoch der Leser die Ausführlichkeit meiner Darstellung mit der Maasslosigkeit der Angriffe Volkmann's an dieser Stelle entschuldigen, die in folgendem Passus ihren Höhepunkt erreichen:

„Auf diese Art also — ich will kein Epitheton gebrauchen, möge Jeder es sich selbst wählen — sucht ein angehender Chirurg bestimmend in eine der wichtigsten Tagesfragen unserer Wissenschaft einzugreifen; in eine Frage, bei der es sich, nach der Ansicht einer Anzahl der namhaftesten Chirurgen unserer Zeit, darum handelt, ob nicht durch eine neue Behandlungsmethode der Wunden die bisherige Sterblichkeit der Operirten und Verwundeten erheblich herabgesetzt werden könne! Auf diese Weise arbeitet in der chirurgischen Statistik Jemand, der, als noch Niemand auch nur seinen Namen gehört hatte, ein statistisches Werk herausgegeben hat, in dem er die Vortheile einer anderen Art der Wundbehandlung, der „offenen“, in das hellste Licht zu setzen suchte, und in der man ihm auf Treu und Glauben Hunderte von Zahlen hingenommen hat, obschon in diesem Werke jedes Belagmaterial fehlt, so dass man nicht einmal den unabsichtlich geschehenen Fehlern und Irrthümern nachgehen kann.“

Ich weiss nicht, ob es Volkmann in dieser Weise gelingen wird, meiner Arbeit über offene Wundbehandlung jetzt noch, d. h. 3 Jahre nach ihrem Erscheinen, den Credit zu rauben. Fast möchte ich jedoch glauben, dass dieser Versuch doch etwas spät erst unternommen worden sei. Nur die eine Versicherung sei mir hier gestattet, dass auch die letzte Behauptung Volkmann's, wonach meiner ersten statistischen Arbeit das Belagmaterial gänzlich fehle, so dass sie sich jeder Controle entziehe, ebenso unrichtig ist, wie so manche andere bisher von mir widerlegte; im Uebrigen möge es dem Leser selbst überlassen bleiben, durch einen Blick in die genannte Arbeit sich zu überzeugen, wessen Behauptung, ob diejenige Volkmann's oder die meinige, die wahre sei.

Ich habe dann in meiner Arbeit die Besprechung der

5) accidentellen Wundkrankheiten

folgen lassen und die Frage zu beantworten gesucht, in wie weit nach den vorliegenden Beobachtungen die beiden genannten Methoden der Wundbehandlung den gefährlichsten accidentellen Wundkrankheiten, der Pyämie und Septicämie, sowie dem Erysipelas vorzubeugen vermögen. Die eminente Wichtigkeit dieser Frage betonend, führte ich an, dass die Vertreter der beiden Methoden nicht verfehlt hätten, die Wirksamkeit der offenen und der antiseptischen Wundbehandlung gerade nach dieser Seite hin hervorzuheben: „Während für die offene Wundbehandlung“, fuhr ich dann fort, „auf Grund der bisherigen Erfahrungen nur betont

worden ist, dass Pyämie und Septicämie unter ihrem Einflusse
seltener geworden seien, dass dagegen die Methode gegen Erysipelas sich geradezu erfolglos erwiesen habe, sind diejenigen
Anhänger der antiseptischen Methode, welche in ihren Hoffnungen
am weitesten gegangen sind, sogar bis zu der Behauptung ge-
langt, dass nunmehr alle Wundkrankheiten, wie Pyämie, Septicämie, Erysipel, Hospitalbrand, bei nur genauer und sorgfältiger
Ausübung der Methode, für immer beseitigt seien, oder im schlimm-
sten Falle doch ihr Auftreten nur als seltenste Ausnahme zu
betrachten sei. Ebenfalls Freunde der antiseptischen Methode,
doch etwas vorsichtigere und gründlichere Beobachter haben dagegen in derselben nur einen ziemlich sicheren Schutz gegen
pyämische Infection erblickt und gleichzeitig zugegeben, dass auch
unter Spray und antiseptischem Verbande die Rose üppig blühen
könne."

Nach dieser allgemeinen Bemerkung, mit welcher ich den
gegenwärtigen Stand der Frage kurz characterisiren wollte, versuchte ich dann zu zeigen, was hierüber die Beobachtungen aus
den Kliniken von Halle, Leipzig und Zürich lehrten.

Nur in Parenthese will ich hier bemerken, dass Volkmann
die Schlussbemerkung in dem eben wörtlich angegebenen Citate
„für einen Anfänger höchst anmassend" findet, indem er sie direct
auf sich und Thiersch bezieht, und dem Leser begreiflich macht,
dass ich dabei Thiersch zu den gründlicheren und vorsichtigeren,
ihn selbst zu den weniger gründlichen und weniger vorsichtigen
Beobachtern gezählt hätte. — Ich habe keinen Namen genannt,
und Niemanden speciell im Auge gehabt; meine Bemerkung ist
eine ganz allgemeine. Wenn Volkmann aber, trotz dieser Erklärung, die Stelle durchaus auf sich beziehen will, so wird ihm
dieses Niemand verwehren können.

Die Beobachtungen aus den Kliniken von Zürich, Leipzig
und Halle zeigten nun, dass einmal, was die offene Wundbehandlung betrifft, in Zürich allerdings einzelne wenige, aber sicher
constatirte Pyämie- und Septicämiefälle im Laufe der Jahre vorgekommen sind, ebenso deutlich aber auch, bezüglich der antiseptischen Methode, dass solche vereinzelte Pyämie- und Septicämiefälle auch in Halle und Leipzig zur Beobachtung gelangten.

Indem ich diesen einzelnen Pyämie- und Septicämiefällen in

den genannten Berichten etwas genauer nachging, gerieth ich in Volkmann's Beiträgen auf unbegreifliche Widersprüche in der eigenen Darstellung und auf eine höchst eigenthümliche Auffassung des Begriffes „offener Wundbehandlung", welche beiden Punkte ich bei der Wichtigkeit des Gegenstandes unverblümt darlegte.

Da Volkmann aber diese meine Darlegung durchaus entstellt in seiner Schrift wiedergiebt, um daraus irgendwelche Angriffspunkte gegen mich zu gewinnen, so sehe ich mich genöthigt, meine Darstellung ausführlichst hier folgen zu lassen.

Was zunächst die Septicämie-Fälle der Halle'schen Klinik im Jahre 1873 betrifft, so behauptet Volkmann, dass kein nach Lister's Methode behandelter Verwundeter oder Operirter septicämisch geworden sei und dass in diesem Jahre überhaupt nur 2 Fälle traumatischer Septicämie vorgekommen seien, von denen der eine Fall eine „offen behandelte" Brustamputation betroffen habe.

Gegen diese letztere Behauptung opponirte ich, da ich fand, dass diese septicämisch gewordene Brustamputation keineswegs offen behandelt worden war, und ich belegte meine Behauptung mit Folgendem:

„Dieser streitige Fall findet sich in Volkmann's Beiträgen an 3 Orten erwähnt und zwar folgendermassen:

S. 10: „„ein Todesfall an Septicämie bei offener Behandlung nach einfacher Brustamputation.""

S. 61: „„Der eine von ihnen (d. i. den Septicämiefällen) betraf eine offen behandelte Brustamputation, bei der durch einen mich vertretenden jüngeren Arzt ein rasch verhängnissvoll werdender Fehler in der Behandlung stattgefunden hatte. Zunächst war die Wunde — es handelte sich um eine einfache Ablatio mammae ohne Ausdehnung der Operation auf die Achselhöhle — schon gegen meinen Wunsch partiell vernäht worden, und als dann eine unbedeutende primäre Nachblutung aus einem Muskelästchen erfolgte, wurden die Blutgerinnsel nicht herausgeräumt, sondern der Versuch gemacht, die Blutung durch einen Druckverband zu stillen. Die Folge davon war eine jauchige Phlegmone, der Patientin am 10. Tage erlag.""

S. 314. Nr. 13: „„Frau Emilie Dresse, 56 Jahre, aus Kösen. Aufgenommen 19. April 1873. Rasch wachsendes Carcinom der linken Mamma. Grosser Achseldrüsentumor. 19. April 1873: Ablatio mammae und Ausräumung der Achselhöhle. Lister'scher Verband, der wegen primärer Nachblutung aus einem unbedeutenden Muskelaste aufgegeben wird. Tod an Septicämie, 9 Tage nach der Operation, 29. April 1873.""

Die grossen Widersprüche, die sich in dieser Schilderung des Falles finden, liessen beinahe den Verdacht aufkommen, dass es sich hier um verschiedene Fälle gehandelt habe. Und doch kann nur ein und derselbe Fall gemeint sein, da nur eine Mamma-amputation an Septicämie gestorben ist. Wie es aber möglich ist, einen Fall von Mammaamputation, der erst genäht, dann nach Lister verbunden, dann wegen Nachblutung mit einem Druckverband versehen wird, als einen Fall von offener Wundbehandlung statistisch zu verwerthen, begreife ich nicht."

So meine wörtliche Darstellung. Vielleicht wird auch der Leser, wenn er die Beschreibung des Falles, wie sie Volkmann an diesen 3 Stellen giebt, liest, stillschweigend den Kopf schütteln und mir Recht geben, wenn ich diesen Fall nicht als ein Bei-spiel offener Wundbehandlung gelten liess, sondern ihn „als einen verunglückten Fall antiseptischer Wundbehand-lung" bezeichnete.

Einer nicht minder eigenthümlichen Auffassung des Begriffes „offener Wundbehandlung" von Seite Volkmann's begegnete ich, als ich die 9 Pyämiefälle, welche im Jahre 1873 in der Halle'-schen Klinik zur Beobachtung kamen, eingehender studirte.

Von diesen 9 Pyämiefällen werden nämlich von Volkmann 4 in eine besondere Gruppe zusammengefasst und unter dem durch Fettdruck hervorgehobenen Titel:

„Pyämiefälle bei offener Wundbehandlung"

besonders aufgeführt. — Auch diese Auffassung konnte ich nicht theilen, und ich bemerkte Folgendes:

„Wenn ich schon damals (d. h. bei Erwähnung der an Sep-ticämie verstorbenen Mammaamputation) die Bemerkung nicht unterdrücken konnte, dass ich nothwendig zu der Ansicht ge-drängt werde, dass die Volkmann'sche offene Wundbehandlung etwas ganz Anderes sein müsse, als was gewöhnlich darunter verstanden werde, und was ich speciell bei dieser Zusammen-stellung darunter verstehe, so muss mich die Beschreibung, welche Volkmann von obigen 4 Pyämiefällen „bei offener Wund-handlung" giebt, in dieser Ansicht noch mehr bestärken. Die Aeusserungen aber, in welchen Volkmann seine mit der offenen

Wundbehandlung erzielten Misserfolge hervorhebt, bilden, weil sie aus dem Munde eines so ausgezeichneten Klinikers kommen, eine so gravirende Anklage gegen diese Methode, dass es mir gestattet sein mag, ihre Richtigkeit genauer zu prüfen.

Durchgehen wir also an der Hand der Volkmann'schen Krankengeschichten die 4 „Pyämiefälle bei offener Wundbehandlung."

Beob. 1. Friedrich Franke, 14 Jahre, aufgen. 9. Januar 1873. Quetschwunde des linken Fussrückens mit Fractur des Os cuneif. prim. Ausätzung der Wunde mit Chlorzink bei der 24 Stunden nach dem Unfall erfolgten Aufnahme: permanente Immersion während der ersten 14 Tage: hernach hydropathische Einwickelungen. 31. Januar: erster Schüttelfrost. 1. Februar: Pirogoff'sche Osteoplastik, Lister'scher Verband. 12. Februar 1873: Tod an Pyämie.

Dieser Fall hat mit offener Wundbehandlung nichts zu thun.

Beob. 2. Adalbert Elchlepp, 13 Jahre, aufgen. 17. Januar 1873. Fistulöse Coxitis. 16. Mai: Hüftgelenkresection, wobei aus Versehen ein Schwamm in der perforirten Pfanne zurückbleibt. Lister'scher Verband, der am 10. Juni wegen Fieber und misslichem Aussehen der Wunde weggelassen wird. Zunahme und Jauchigwerden der Secretion. 19. Juni: Tod an Pyämie.

Es ist mir unbegreiflich, wie man diesen Fall zu den offen behandelten zählen kann.

Beob. 3. Wilhelm Kirchhoff, 22 Jahre, aufgen. 17. Juni 1873. Pseudarthrose des Vorderarms. 19. Juni: Einschlagen von 4 Elfenbeinstiften in die Fragmentenden, Gypsverband mit Fenster. In der nächsten Nacht Blutung, in den folgenden Tagen starke Schwellung am Arm; Entfernung des Gypsverbandes; Watson's Schiene, Eis. 19. Juli: Entfernung der Stifte. 25. Juli: Schüttelfröste, Icterus. 3. August: Tod an Pyämie.

Wenn dieser Fall wirklich offen behandelt worden ist, so lässt sich dabei bloss bemerken, dass der Wundverlauf von Anfang an durch Nachblutung und vorzeitige Abnahme des Gypsverbandes gestört, und durch diese Zwischenfälle gegen den ersten Grundsatz der offenen Wundbehandlung, die Ruhe der Wunden, gefehlt worden war.

Beob. 4. Gottlieb Unger, 61 Jahre, aufgen. 19. November 1873. Carcinom des Penis mit Betheiligung der linken Leistendrüsen. 21. November: Amputation des Penis und Exstirpation der Leistendrüsen; stark comprimirender Lister'scher Verband. Oeftere unangenehme toxische Wirkungen der Carbolsäure, förmliche Collapse, Uebelkeit u. s. w.; der wiederholt gemachte Versuch, den Verband ganz wegzulassen, wird von der Wunde nicht vertragen. 15. December: Hohes Fieber, Jauchung der Wunde; dann Schüttelfrost, Erysipel: vom 24. December an neue Schüttelfröste, eiterige Phlebitis der blossgelegten Vena cruralis. 8. Januar 1874: Tod an Pyämie.

Auch dieser Fall hat mit offener Wundbehandlung nichts zu thun.

Nach genauer Prüfung dieser 4 „Pyämiefälle bei offener Wundbehandlung" kann ich dieselben eben so wenig wie jenen Septicämiefall bei „offen behandelter" Mamma-Amputation als solche gelten lassen. Wenn die Anhänger der antiseptischen Methode so sehr geneigt sind, jeden Misserfolg, der bei derselben hin und wieder einmal selbst in den Händen geübter Chirurgen beobachtet wird, auf die incorrecte Ausführung des complicirten Verfahrens zu schieben, so ist es gewiss nur eine bescheidene Forderung und eine loyale Bitte der Freunde der offenen Wundbehandlung, dass für diese Misserfolge des antiseptischen Verfahrens nicht ohne Weiteres die offene Wundbehandlung verantwortlich gemacht werden möge, die ja doch auch eine Wundbehandlung sui generis ist." —

Dies die wörtlich wiedergegebene Darstellung, wie sie sich in meiner Arbeit vorfindet.

Was sagt nun Volkmann? — Er kann weder leugnen, dass er den einen Fall von Mamma-Amputation, der an Septicämie gestorben war, als einen „offen behandelten" bezeichnet, noch auch, dass er in der That vorstehende 4 Pyämiefälle als „Pyämiefälle bei offener Wundbehandlung" besonders gruppirt und beschrieben hat. Während aber gewiss jeder Chirurg sich sagen wird, dass mit Sicherheit der eine Septicämiefall, und mit derselben Sicherheit von den 4 Pyämiefällen Beob. 1, 2 und 4 nichts mit offener Wundbehandlung zu thun haben, während über Beob. 3 die Frage wegen Mangels genauer Details mindestens offen gelassen werden muss — beharrt Volkmann auch heute noch bei seiner Auffassung, zeiht mich, weil ich rücksichtslos die Widersprüche in der Darstellung des Septicämiefalles, sowie das Irrthümliche, welches in der Verwerthung der eben genannten Pyämiefälle als solcher bei „offener Wundbehandlung" liegt, aufgedeckt habe, der „Perfidie", „absichtlicher Verdrehung", „unerhörter Schamlosigkeit" und behauptet, dass diese meine „Auseinandersetzung nur den Zweck habe, dem Leser, der schon so Liebenswürdiges von ihm (Volkmann) zu erfahren bekommen, noch eine Anzahl von ihm oder seinen Assistenten bei der Behandlung von Kranken gemachter Fehler vorzuführen."

Wie bringt Volkmann Dieses fertig?

Lassen wir ihn selbst sprechen:

„Zunächst zur Verständigung für Andere, dass ich nicht, wie Herr Krönlein beweisen möchte, unter „offener Wundbehandlung" etwas Anderes verstehe, wie andere Menschen. Aber ich hatte auch keinen Grund, in meinen Beiträgen die Worte auf die Goldwaage zu legen, wenn ich von der offenen Wundbehandlung sprach, da ich mich in denselben mit dieser Methode überhaupt nicht beschäftige und noch viel weniger versucht habe, die Resultate, die bei der antiseptischen Wundbehandlung gewonnen wurden, mit den für die offene Wundbehandlung durch Herrn Krönlein festgestellten Zahlen statistisch zu vergleichen. Ich habe daher auch kein Bedenken getragen, an der einen Stelle meiner Beiträge von einer „bedingt" und von einer „unbedingt" offenen Wundbehandlung zu sprechen, und an einer andern eine Fussverletzung, die ohne Verband mit der Immersion behandelt wurde,*) unter den offen behandelten Fällen zu registriren u. s. w., woraus mir Herr Krönlein einen schweren Vorwurf macht. Für mich existiren in meinem Werke überhaupt nur zwei Kategorien von Verwundeten und Operirten, solche, die antiseptisch, und solche, die nicht (oder nicht mehr) antiseptisch behandelt wurden. Die Erwähnung der offenen Wundbehandlung ist überall eine nur gelegentliche, meist ausdrücklich anerkennend. Nirgends aber habe ich die, nach dem Weglassen des Lister'schen Verbandes aufgetretenen Störungen oder Todesfälle der offenen Wundbehandlung „zugeschoben", wie Verfasser sich auszudrücken beliebt. Ich habe die nach Weglassen des Lister'schen Verbandes entstandenen Zufälle nur als bei offener Wundbehandlung entstandene registrirt, und dies ist, insofern es eben in einem Werke geschieht, das exclusiv eine Methode prüft und nicht vergleichende Statistik treibt, wie das Krönlein'sche, ganz unverfänglich. Ich appellire hier an Jeden, der wirklich meine Beiträge gelesen hat." —

Dies die Volkmann'sche Auseinandersetzung, dies seine Logik. Ich vermag sie nicht zu fassen und weiss nicht, ob der

---

*) Wahrscheinlich bezieht sich diese Bemerkung Volkmann's auf Beob. 1 der Pyämiefälle, welche der Leser deshalb genauer nachsehen möge.

Leser, an den Volkmann zum Schlusse appellirt, sie zu fassen vermag.

Nach meiner Ansicht — und es ist gewiss nur die Ansicht der meisten Chirurgen — sind „offene" und „antiseptische" Wundbehandlung zwei scharf begrenzte Begriffe, die wir gerade in der jetzigen Zeit am allerwenigsten preisgeben dürfen. So wenig es demnach gerechtfertigt, ja so widersinnig es geradezu wäre, wollte Jemand einen verunglückten Fall von „offener" Wundbehandlung als einen „antiseptischen" bezeichnen, . ebenso wenig halte ich es für erlaubt, einen verunglückten Fall von „antiseptischer" Wundbehandlung einen „offen behandelten" zu nennen und als solchen zu verwerthen. Mag Volkmann für solche Fälle immerhin eine besondere Nomenclatur einführen, niemals wird er aber — so, wie heute die Sache steht — zu der Bezeichnung der „offenen" Wundbehandlung greifen dürfen. Thut er es dennoch, so wird er auf manche unangenehme Missverständnisse und Collisionen von vornherein gefasst sein müssen; vor Allem aber wird er dann Denjenigen nicht der Perfidie, absichtlicher Verdrehung und unerhörter Schamlosigkeit zeihen dürfen, der gewohnt ist, im Einklang mit der gegenwärtig herrschenden Anschauung, mit dem Begriff der „offenen Wundbehandlung" eine eben so klare und distincte Vorstellung zu verbinden, als etwa mit dem Begriffe der — „antiseptischen Wundbehandlung", und der bei gegebenem Anlasse diese seine Auffassung auch offen vertritt.

Jedenfalls ist es sehr zu bedauern, dass Volkmann die Erklärung, wonach seine Worte nicht überall auf die Goldwaage zu legen sind und er zuweilen den Begriff „offene Wundbehandlung" nur als Sammelname für gewisse Fälle gebraucht, die aus diesem oder jenem Grunde als „antiseptisch behandelte" nicht betrachtet werden sollen, — ich sage, es ist sehr zu bedauern, dass Volkmann diese Erklärung nicht gleich seinen Beiträgen an hervorragender Stelle beigedruckt hat. Manche Widersprüche hätten dann ohne Weiteres ihre Erledigung gefunden, und der Leser seiner Beiträge hätte nicht so leicht an dieser oder jener „eigenthümlichen" Auffassung Anstoss genommen.

Es sei hier endlich noch bemerkt, dass die Beobachtung 4

(Gottlieb Unger, welcher am 8. Januar 1874 an Pyämie starb, betreffend) mir in meiner Arbeit Anlass gab, die Angabe Tillmanns's (l. c.), es sei seit 2 Jahren, d. h. seit Juni 1873, in der Halle'schen Klinik keine im Hause entstandene Pyämie vorgekommen, weder Pyämia simplex noch multiplex, als unrichtig zu bezeichnen. —

An die Betrachtung der Pyämie- und Septicämiefälle reihte ich endlich noch diejenige der Erysipelasfälle, wobei ich das Resultat meiner Untersuchung kurz dahin zusammenfasste:

„Gegen das Erysipel vermochte die offene Wundbehandlung nach den Erfahrungen, die ich in der Züricher chirurgischen Klinik gesammelt habe, nichts; im Zeitraum der offenen. Wundbehandlung wurden die Erysipele im Gegentheil noch etwas zahlreicher beobachtet als früher.

Gewiss ist es von höchstem Interesse, zu erfahren, dass mit der antiseptischen Methode in den Kliniken von Halle und Leipzig ähnliche Erfahrungen bezüglich des Erysipels gemacht worden sind. Es liegt in diesen klinischen Beobachtungen vielleicht ein neuer Fingerzeig, die Aetiologie des Erysipels scharf zu trennen von derjenigen der Pyämie und Septicämie und erstere Wundkrankheit mit den letzteren nicht mehr in Zusammenhang zu bringen.

Volkmann bemerkt .zwar, dass in keinem der früheren Jahre die Zahl der von Erysipel Befallenen noch eine so kleine gewesen sei, wie in der Periode der antiseptischen Wundbehandlung, und „dass er sich noch nicht berechtigt fühle, Lister's Ausspruch zu bestreiten, dass man durch eine correcte Anwendung seiner Methode die Entstehung von Erysipelen verhüten könne.“ — Indess kommt mir die Zahl von 32 Erysipelen, welche im Jahre 1873 in Halle während der Periode der antiseptischen Behandlung vorgekommen sind, gross genug vor, um meine obige Auffassung zu vertheidigen.

Die Erysipele aus dem Halle'schen Beobachtungskreise waren auffallend schwere; 6 führten zum Tode, 9 zu Eiterungen; 7mal entwickelte sich das Erysipel an „regulär“ nach Lister's Vorschriften behandelten Wunden.“

Auch diese objective Darstellung, die den Thatsachen durchaus entspricht, bemängelt Volkmann, nicht etwa, weil sie falsch sei. sondern weil ich nicht ausdrücklich an dieser Stelle besage, dass unter den 32 Erysipelasfällen 13 poliklinische Fälle sich befanden; und ferner, weil ich nicht genugsam hervorgehoben hätte, dass doch nur 7 mal das Erysipel an „regulär" nach Lister's Vorschriften behandelten Wunden sich entwickelte, endlich, weil ich verschwiegen hätte, dass nach dem Jahre 1873 das Erysipel fast ganz aufhörte. „So geht der bisher zu Tage gelegte unwahre Sinn durch die wenigen Blätter des Krönlein'schen Aufsatzes gleichmässig hindurch. Ueberall sind Zahlen und Facta willkürlich benutzt und willkürlich gedeutet; überall ist das Facit der Rechnung vorweggenommen und nicht abgeleitet; die wesentlichsten Umstände sind verschwiegen; Citate werden, um den Anschein der Genauigkeit und Ehrlichkeit zu gewinnen, verbotenus gegeben und unter Weglassung der wichtigsten Zusätze, Erläuterungen oder Restrictionen so gedruckt, dass sie absichtlich den Sinn verdunkeln oder entstellen."

Nur wenige Worte möchte ich hier zur Erklärung meiner gegebenen Darstellung anreihen: bei den Erysipelasfällen der 3 Kliniken von Halle, Leipzig und Zürich habe ich nirgends die Häufigkeit ihres Vorkommens im Verhältniss zur Zahl der behandelten Kranken procentarisch berechnet; ich habe mich vielmehr begnügt, überhaupt festzustellen, ob bei den beiden Behandlungsmethoden Wund-Erysipele vorgekommen sind oder nicht, und ich konnte bei der Beantwortung dieser Frage das Halle'sche poliklinische Material um so weniger für sich betrachten, als ich dies auch bei dem Leipziger und dem Züricher Material nicht gethan hatte. Hierzu kommt endlich noch der besondere Grund, dass Volkmann für Halle speciell betont, dass eine scharfe Trennung seines Materials in klinische und poliklinische Fälle unthunlich sei. Denn er sagt gleich zu Anfang seiner Beiträge: „In den folgenden Blättern lege ich zum ersten Male den Fachgenossen einen Jahresbericht über die chirurgische Universitätsklinik vor. Er umfasst sämmtliche im Jahre 1873 behandelte Kranke, die stationären ebensowohl als die ambulatorischen und poliklinischen. Eine scharfe Trennung der beiden Kategorien würde der eigenthümlichen hiesigen Verhältnisse halber weder gut möglich noch vortheilhaft sein."

Schon früher musste ich zu meinem Bedauern bemerken, dass Volkmann oft seine eigenen Worte rasch zu vergessen scheint; dieselbe Beobachtung tritt uns auch hier wieder entgegen. —

Dass unter den 32 Fällen von Erysipelas aus der Halle'schen Klinik die Krankheit 7 mal an „regulär“ nach Lister's Vorschriften behandelten Wunden sich entwickelte, habe ich nicht mehr, aber auch nicht weniger betont als analoge Angaben, welche sich auf die Erysipelas-Fälle aus den Kliniken von Leipzig und Zürich bezogen.

Warum ich endlich bei dem Volkmann'schen Material das Jahr 1874 ganz aus meiner Arbeit ausschloss und mich lediglich auf die Beobachtungen des Jahres 1873 beschränkte, habe ich fast bis zum Ueberdruss schon an verschiedenen früheren Stellen, hier und in meiner Arbeit, begründet. —

Mit den vorausgehenden Kapiteln hatte ich meine Arbeit in der Hauptsache abgeschlossen; nur kurz besprach ich noch, zum Schlusse eilend,

6) die Heilungsdauer, die functionellen Resultate, die Annehmlichkeit und die Kostspieligkeit

der beiden Behandlungsmethoden, und hob dabei zu Gunsten der antiseptischen Methode die bedeutend kürzere Heilungsdauer und das bessere functionelle Resultat gegenüber der offenen Wundbehandlung bei denjenigen Operationen und Verletzungen hervor, welche eine prima reunio gestatteten. Die Frage der Annehmlichkeit liess ich dagegen vorläufig offen und zu Gunsten der offenen Wundbehandlung endlich entschied ich die Frage der Kostspieligkeit.

Diesen letzten Theil der Arbeit, in welchem ich die Superiorität der antiseptischen Methode über die offene Wundbehandlung in den wichtigsten Punkten nachgewiesen habe, bekämpft Volkmann nicht weiter; er begnügt sich sogar damit, bloss den einen und andern von mir gebrauchten Ausdruck mit einem (!) zu bezeichnen — ein harmloses Vergnügen.

7) Schluss.

Ich bin am Ende meiner Entgegnung angelangt, in der ich, Schritt für Schritt, glaube den Nachweis geliefert zu haben, dass die Volkmann'sche Schrift in ihrer Darstellung un-

richtig, seine Anschuldigungen unbegründete, die
Mittel, die er gebrauchte, um mich und meine Arbeit anzugreifen, unerlaubte sind, und ich hoffe, dass
der Leser, der nicht müde wurde, mir so weit zu folgen, ein
vorgefasstes Urtheil, das er sich vielleicht bei der Lectüre der
Volkmann'schen Schrift über mich und meine Arbeit gebildet,
fallen lassen und erkannt haben werde, dass solche Verruchtheit
und solch' unreife Jugend in meiner Person nicht gepaart sich
finden, wie Volkmann gerne glauben machen möchte.

Allerdings habe ich es gewagt, in meiner Arbeit das Schwarze
schwarz, das Weisse weiss zu nennen, und ich habe mir hiezu
die Erlaubniss nicht erst aus Halle eingeholt. Denn ich hielt,
als ich meine Untersuchung begann, das Recht der freien wissenschaftlichen Forschung für alt und unveräusserlich, nicht für ein
Geschenk von Volkmann's Gnaden, sondern für eine Gabe des
Himmels, verliehen seit undenklichen Zeiten Jedem, der redlich
sich bemüht, das Wahre um der Wahrheit willen zu suchen.

Zwar viele und wesentliche Angriffe Volkmann's habe ich
im Vorstehenden zurückgewiesen — doch nicht alle!

Was soll ich dazu sagen, wenn Volkmann's Feder auch
alle meine übrigen literarischen Leistungen zu verdächtigen sucht?
was dazu, wenn er mir vorwirft, dass ich, als Assistent und als ein
Glied der jüngsten Generation der Chirurgen nicht berechtigt gewesen sei, an der Discussion über eine der wichtigsten chirurgischen Tagesfragen theilzunehmen? was dazu, wenn er mir Unfähigkeit, geistige Insufficienz vorwirft? — —

Nichts will ich dazu sagen!

Mag meinetwegen Volkmann auch ferner in solchen Angriffen
sich gefallen! Eigene Presse und eigenes Organ stehen ihm ja zu
Gebote! Mag er meinetwegen Pamphlete auf Pamphlete schreiben!

Ich, für meinen Theil, werde ihm den Ruhm, auf diesem Gebiete der Literatur Ausserordentliches geleistet zu haben, niemals
streitig machen.
